折射集
prisma

照亮存在之遮蔽

Luna-Park

Elsa Triolet

法国文学经典译丛

许钧 主编

月神园

［法］埃尔莎·特丽奥莱 著

许钧 译

Luna-Park

Elsa Triolet

南京大学出版社

阅读参与创造 翻译成就经典

Chers lecteurs, j'aimerais bien vous présenter les chefs d'œuvres traduits de la littérature française, une collection de traductions dirigée par mon ami, le professeur Xu. Ces grandes œuvres, dépassant le temps et l'espace, vous sont ouvertes et attendent votre lecture, par laquelle vous contribuerez à la recréation et à la renaissance de ces œuvres dans votre grand pays.

le 15 septembre 2016

诺贝尔文学奖得主、法国作家勒克莱齐奥致中国读者（原文）

诺贝尔文学奖得主、法国作家勒克莱齐奥致中国读者（译文）

经典的阅读、理解与阐释
——《法国文学经典译丛》代总序

今年五月二十六日，勒克莱齐奥与莫言在浙江大学谈文学，勒克莱齐奥的一句话深刻地留在了我的记忆中：文学比石头筑成的长城更不朽。

当今的时代，仿佛一切都已经在以市场为导向的规则掌控之下。去中心化和去权威化的直接结果，在文学的领域，就是对经典的解构。然而，在我看来，在"广告决定了谁将决定一切"（布朗肖语）的今天，文学的生命和灵魂并没有泯灭。相反，当我们在这个焦躁、失魂的年代中感到困惑、彷徨时，读过的一些伟大之作会在不经意中涌现在我们的脑海，流淌于我们的心底，起着抚慰、启迪和激励的作用，让浮躁的心绪变得安宁，让灰暗的心境变得明亮起来。

这些伟大的作品，我们可以称之为"经典"。对"经典"的定义和阐释有许许多多，我认为其中最重要，也最具区别性特征的一点，就是经典之作能超越时间与空间。伟大的作品不求永恒，但"在它身上维持自身流动的现实，潺潺不断生存的过程"（布朗肖语），在你阅读的时刻，它能生成并内化为你的生命之流，与你的灵魂"建立起联系"（"小王子"语），成为你的"生命之书"（朗西埃语）。

经典不应该是供奉在文学殿堂里的"圣经"，而应在阅读、理解与阐释中敞开生命之源。勒克莱齐奥说"文学比石头筑成的长城更不朽"，也许他本意所强调的是，大写的书的重要生命价值在于，经由阅读，意义不断生成："生成"或许就是大写的书的意义，意义或许又在循环地生成（布朗肖语）。乔佛瓦说，文学"不仅仅是一种艺术，而是艺术的翻译"，此说中的翻译，就是一种实质性的阅读、理解与生成过程。阅读经典，在这个意义上说，就是"翻译"，就是参与伟大之书的生成，就是拓展并丰富经典的生命，一如勒克莱齐奥寄语中国读者时所说的，经由阅读，中国读者参与再创造，有助于这些作品在中国获得新的生命。

在《翻译论》中，我曾说，一部作品，其独特的价值呼唤着人们去阅读，去阐释，其生命的不朽，就在于不断的阅读与生成过程。王蒙就这样评价《红楼梦》的不朽："《红楼梦》对于我这个读者，是唯一的一部永远读不完、永远可以读，从哪里翻开书页读都可以的书。同样，当然是一部读后想不完回味不完评不完的书。"《红楼梦》对于王蒙而言，"是一部超越时间和空间的挖掘不尽的书"，是"唯一"，是建立在其生命意义上的一种独特关系。对于广大读者而言，《追忆似水年华》《尤利西斯》也许没有《红楼梦》之于王蒙那样的"唯一"，但可以肯定的是，每个读者都有属于自己的唯一，都有永远镌刻在心底的经典。《小王子》如此，《一个孤独漫步者的遐想》如此，《魔沼》亦如此。

正是在这样的认识之下，我们选编了这套开放性的《法国文学经典译丛》。借用朗西埃的观点，我们选编这套译丛，不是为了供奉经典，而是希望通过我们的译介与阐释，让伟大的作品涌动生命，汇入永恒的生成过程。这些作家，不仅创造了法国的"文学"，同时也创造了法兰西的文化，让我们像歌德所赞美的那样，去采摘这一朵朵具有独特生命的法兰西文化之鲜花，通过我们的阅读、理解与阐释，让它们的芬芳更浓郁，生命更奔放。

许钧

2016年10月27日

代　序

《月神园》写得像它的名字一样飘逸、奇幻而且美丽。

著名的电影艺术家儒斯坦·梅朗刚刚执导完一部影片,在巴黎近郊买下了一座旧房,不意却走进了一个女人造就的境界,并因此而神之颠之、魂之倒之。其烈烈之情、其切切之思,引发了儒斯坦在艺术创造中的一次灿烂升华。

然而这却不是一个普通的关于爱的故事。

奇就奇在儒斯坦从未见着那座房子的前女主人布朗诗,却在她的世界里流连忘返。这个世界只是一种氛围,看不到,全凭感受,而儒斯坦恰就具备了艺术家特有的纤细的感受力!首先让他不得安宁的是这所房子,尤其是布朗诗卧室中的十足女性气息。围绕小楼的湿润的丁香花,室内珍贵木料的玫瑰色调,闪闪发光的绿色、乳白色的玻璃制品都提供了一幅十足的女性化的温馨图像,让人觉得一个谢了顶的男人生活其中好不协调!然而在一圈女人的氛围中塞进一团男人的思绪,倒是蕴含颇深的。继而令儒斯坦魂不守舍的是他偶然地发现了若干封各种男人寄给布朗诗的情书。他读着这些情书,先是带着一种仿佛窥视了别人隐私的不安和犯罪感,并且很是不屑地冷眼旁观,看着那些男人如何被一个女人所吞噬。看着看着,他开始对这位女人产生敬意,而后与之共忧乐,再就是春梦连连,竟狂热地爱恋起布朗诗,并为她不安,为她狂喜,为她哭泣!

然而他所狂热爱恋着的女人只残忍地给了他一个遥远的背影。这个女人始终都没有转过身来正眼瞧他一下。布朗诗像是橱窗中背对着他的一件精美的展品,他可以通过感觉确确实实看到她,可就是触摸不着;他只看到她的棕色长发披散在她红色皮椅的后背上,却从来看不到她的真实面容,他在梦幻中拥抱着的这尊女神只是投射在一面巨大镜片里的幻影,这面镜子由一群给她写情书的男人拼接而成。儒斯坦对着这面镜子嫉妒得发疯,他简直要狂吼:布朗诗你回过头来!可布朗诗太固执。于是儒斯坦换了一种自我满足的方式,全身心地投入艺术创造。他要把所读到的信件——一堆富有人情味的材料,通过艺术的点染神圣化。这里隐伏着结构的秘密。

不得不惊异于一个女作者选择了一个这么女性化的叙述角度顽强地表现她的女性意识。作者所着力刻画的布朗诗（她无疑是本书的中心角色）从未出场，却无处不在。全书完全是通过男人或男人们去观察、表现、塑造一个女人。这是一个机智而富于想象力的视角。作者心中的布朗诗、儒斯坦意中的布朗诗、那一群男人情书中的布朗诗构成了一个多重内聚焦的叙述网络中浮雕般突兀着的布朗诗。三重的光打在同一座塑像上，竟使之熠熠生辉！

然而布朗诗实在不过是个心脏尚不康健的飞机试飞员，并不是什么绝代佳人。她身体羸弱、脸上还有雀斑，不过，恰就是这副羸弱身体所透现出的顽强的生命力、这颗并不强健的心脏所充溢着的飞翔欲望、这张并不完美的面容所反射出的另一个神秘美丽得令人迷幻的境界使得这个生命变得再也不平凡。布朗诗代表一种精神，一种否定尘世、超越现在、趋向崇高的精神。这种精神化为一种引力，使得在她周围的人，尤其是男人，即使是偶然路过（如儒斯坦），也会被紧紧吸附而身不由己。"月神园"的象征意味就在于它固执地表现了这种引力和人格化存在，它构成了布朗诗的世界。这个园子不存在于地上，不存在于人间，而是一块氤氲着并且超拔于地上人间的精神云团，布朗诗拥着它是为了逃避这个世界的暴行和冷漠,儒斯坦追寻它是为了获得一种艺术创造中的超自然力量,并且因为它才感到他和其他男人都活得太具体,感到自己生存的理由与广袤无垠的世界之间的不相称。一个女人,一个影子般存在的女人竟然使一贯自信、赫赫有名的大导演对自己生存的根基产生了怀疑!真担心基本还是父性意识统治的社会或男性观念太强的人能否容忍一个女人的"挑衅"。然而布朗诗只是温馨着,她并没有跳将出来狂吼着要把这个世界扭转过来。她的注意全不在此。她甚至连头都没回,便飘然地去了,只留下了一种力、一个场和她"月神园"的芬芳。

为了使布朗诗回过头来,儒斯坦拼命构思新作《特莉勒比》。这原本是个民间传说,说的是一个美丽善良的平凡女人如何充当了一个男人才华借以发挥的工具而变成举世闻名的歌唱"夜莺皇后",而在那个男人死时,她又是如何忽地失声继而变疯的故事。而此书的全部结构意图竟然展现一个相反的事实,说的是一个男人或男人们如何从一个女人那里获得艺术灵感、"获得歌唱的美"。所不同的是儒斯坦没有变疯,他找不到布朗诗,更不相信她已经死去,他固执到几乎天真地相信:即使坠机,布朗诗也会在广袤的沙漠上不停地走下去,就像走在月球上……这个世界真像是颠倒了一样,仿佛是女性成了这个世界的主使,凭借着一种超越的精神力量点拨一切。你如果真从超越的角度看问题,性别便给抽象掉了,剩下的是对于"去蓝天寻觅天火"的忘我热情。如此看来,此书断断不是什么俗气的爱情故事,写到爱,但不只是爱;一个女人和众多的男人之间的关系也断不能从肉体凡胎的低层次情欲中寻求解释,那是一个女人与世界对话的独特方式,布朗诗娴熟而又富有创造性地使用了它,如此才有《月神园》。

《月神园》并不充满空灵,书中的必要的社会画面、政治要求被处理得相当克制和隐讳。比如布朗诗居然在巴黎街头参加了游行,还挨了打!至于为什么参加、抗议什么,作者一律不作交代。政治的突然出现固然有点突兀,却促使布朗诗执着地要去寻找那些打人的"他们","无论如何必须看一看他们的面目。看看他们脑门上有否标记。看看是否可以在街上认出他们。哪里有战争,他们就在哪里。哪里有战争,哪里就有人忍受被侮辱的痛苦。……我将要奔赴与利比亚和突尼斯边境相接的沙漠地带……奔赴没有尽头的莽莽沙漠。从那儿,我将再奔向我可以驻足的地方,我必须探索……不然,我的内心将恐惧不已"。这是全书唯一的一段布朗诗的内心独白,见之于一封给她丈夫的信中。我想,这段引文已经清楚地说明了布朗诗不断冒险、不断探索、不断寻找、不安而且不满的现实依据。

关于作者埃尔莎·特丽奥莱,中国读者知之不多,然而她是当代法国文坛上一位富有才气的女作家。她是苏联伟大诗人马雅可夫斯基的小姨,法国著名文学家阿拉贡的妻子。她的作品熔轻微的感伤情调与奇妙的想象为一炉,令人想起 E. T. A. 霍夫曼和 H. C. 安徒生的神话故事。《月神园》是她的三部曲《尼龙时代》中的一部,写于1959 年[另两部是《赊欠的玫瑰》(1959)、《灵魂》(1963)]。只要细读,你便会确确实实感觉到特丽奥莱的风格。这部小说写得很是飘逸,甚至把重大的社会事件都轻而易举地淡化了,真正要写的人物却让另一个人虚掩着;真正要展示的内容,却隐藏在一个巧妙得有点俏皮的结构中,令人觉得仿佛是雾中观花、水中赏月,似真实又虚幻,才要显现却又隐去,很是神秘。《当代法国文学词典》上说她可能要"证实灵魂的存在及其顽强性",恐怕不无道理。

如果有兴趣,也与布朗诗神交吧,到她的月神园去。

高瞻

1986 年 12 月 15 日于南大南园

房子连同家具一起出售。园子里丁香花盛开,沉甸甸的花序,宛如一串串紫葡萄。房子的钥匙由村里食品杂货店的老板娘代为掌管。她费力地开着锁。买主在一旁看着。接着,他随老板娘步入一间小巧玲珑的客厅,穿过百叶窗紧闭的饭厅,来到了厨房,最后说道:"这房子不错,我买了。"

这男子胖胖的躯体,头发稀稀落落,颜色倒是金黄金黄的。脑袋上,只有后脑勺还留有一圈头发,从远处望去,就像是一圈光晕。他两只眼睛湛蓝湛蓝,俨然是一对新生儿的眼睛,淡淡的眉毛很不起眼,更使这片蓝色显得无边无际。他长着一只扁小的鼻子,柔美的嘴唇间露出一口洁白整齐的牙齿。不假思索便决意买下这座房子的买主就是这副模样,只有这小地方的老板娘才不能马上认出他就是赫赫有名的电影艺术家儒斯坦·梅朗。

一般说来,一位电影导演往往闻名遐迩,但露面很少。然而,儒斯坦·梅朗鼎鼎大名,终也是有血有肉的人,那微微发福的躯体,金黄色头发形成的光晕和湛蓝的目光已经与儒斯坦·梅朗这一名字融为一体,不可分离。

不久前,他刚刚执导完一部影片。他耳朵里还充斥着摄影棚里各种奇异的声响,脑子里还翻腾着影片中的故事,眼睛里仍闪现着形形色色的图像,便匆匆溜之大吉,来图个安静。每每拍完一部影片,他总是十分失望,心想世间有那么多神奇而严肃的事物可以表现,可自己为什么偏偏选择这样一个了无意义的故事,这样一个微不足道的主题?他到底是怎么了?简直是鬼使神差!……

就买了这座房子吧,哪一座都行,但愿不等办完那烦琐的购房手续,就能马上让他安下身来。"你说办手续呀,"老板娘思忖,"真不可思议,就这么一座破旧的、一点也不舒适的房子,竟然不惜掏出几百万法郎!"

儒斯坦手下有一位勤快能干的办事员。翌日,他便住进了这座掩隐在丁香花丛中的房子。他是傍晚时分到达的,一进屋就找了一间卧室,一头倒在老板娘铺好的床上,直到次日天色又晚时方才醒来。清新的空气透过敞开的立地窗吹进卧室。他在睡衣上又套了一件室内便袍,走出户外,去呼吸呼吸新鲜空气……

儒斯坦·梅朗在一个平台上踱了几步,这处平台又像是阳台,隐没在雾蒙蒙的暮霭中。夜色渐渐变浓。一簇湿润、芬芳四溢的丁香掠了一下他的脸庞……明天,对,明天再细细观赏吧。儒斯坦返身回到床榻,继续睡觉。

阳光透过平台一侧的三扇窗扉射进房间。儒斯坦安逸舒适地倚在枕头上,好奇心十足地观察着新居。一睁开双眼,他首先自问身处何地……一种不适感油然而生,仿佛他误进了别人的家门。莫非昨晚多贪了几杯?说不定有人就要进屋,责问他待在里面干啥!他险些从床上一下蹦起,逃窜而去……但是,他渐渐逆序追忆起这之前发生的一切:傍晚,一簇湿润、芬芳四溢的丁香……老板娘帮助整理好床铺……他把汽车开进车库……噢,一点不错,这就是他刚刚置下的住房!每当儒斯坦·梅朗身体疲惫到一定程度,他便会放任自己,做出些荒唐的事来。这幢房子,就是他在放任自流中买下的……咄咄怪事。儒斯坦躺在床上,环视着这间属于他的卧室。

卧室阒无声息,但有别于一具僵尸,酷似一个沉睡中的人那一动不动的躯体。房间温暖、恬静,仿佛有个生灵在微微呼吸,好似在静静恭候着女主人像平素一样进屋。女主人每天夜里都在这张床上休息。毫无疑问,这是一间女人的卧室。儒斯坦猛然感觉到了床上用品的雅致。上面饰着女主人姓名的起首字母……可他怎么也辨不清这些反向饰就的字母,莫非他已经疲惫得神志不清,睡觉时都没有觉察到这床垫的舒适,被褥的轻盈、温暖?也许在马路上,他也会照样呼呼酣睡。

令人感到奇异的,是这间卧室活像个烟盒。房间的四壁、天花板都由珍贵的木料制成,呈玫瑰色。左侧平台一边那宽敞的大落地窗和右侧那些小巧玲珑的窗扉框架用的也是这种珍奇的木料……室内的家具都饰有凹槽。儒斯坦回忆起熄灯前在小木梳妆台上看到的那些闪闪发光的、绿色、玫瑰色的玻璃制品。现在一切又呈现在眼前……一条旧碎花地毯,上面饰着模仿镶木地板的图案……儒斯坦突然充满好奇心,犹如一位游历者刚刚驻足于一个陌生的都市,迫不及待地想看看房子,看看拥有这样一间卧室的房屋到底是什么模样。

儒斯坦出门来到朝阳的平台上。平台几乎还笼罩着一片夜色,一簇簇丁香直碰他的身子。平台相当宽敞,与房子的夹层处于同一水平线,两侧长着茂盛的丁香,正面朝向田野。儒斯坦凝望着初绽的透明色的新绿。眼前,田野轮廓优美,穿上了犹如鸡绒毛被般柔软的绿装。他觉得一种异样的欢乐感在心中陡然升起:莫非交上了好运。盲目抽中的会是个中彩签,给他带来了这般温柔,这等喜悦……他很快穿上衣服,准备到房子、园子周围和附近转一圈,看一看,把什么都了解个一清二楚。

他不慌不忙,不惜花费时间,慢慢地仔细观察每个角落,从顶楼到地窖,从沿村庄小路修建的院子隔墙的小门到院内盲墙中间那朝着田野的宽敞的栅门,一一看了个究竟。房子和院子都不算很大,但院子与田野只有一栅栏之隔,几乎连成一片,显得十分辽阔。房子里,各房间一间连着一间,四通八达,小客厅紧连饭厅。饭厅处于房子右侧,书房的正对面……且饭厅有一面墙壁几乎开满了百叶窗,只要一打开,就和院子连成一体……其他三间屋子也都相互毗连,这三间屋子处在二楼,由小客厅的一座小楼梯上楼。此外,紧挨着饭厅的还有一个厨房间,与厨房间毗连的是车库,车库旁边是一个窄小的工具室。儒斯坦睡觉的那间屋子处在书房后面,但位置要稍高一些,进屋要登三级台阶。

儒斯坦喜爱徒步行走,这是他唯一的体育活动。他信步走去,像观察他的住房和院子一样察看着春天的景色。太阳张开那阔大的手掌,用它那温和的手指抚摸着他疲惫的肩膀,与他脑袋四周的光晕嬉戏、玩耍……儒斯坦细望着大地苍白的脸颊上渐渐露出的色彩。所谓村庄，只不过是一家大农场，总共只有五六座房屋。村口一花园的深处，一座小城堡坐落在一块高地上，窗户全都紧闭着。村庄的另一侧，田野后边可以看到远处工厂那高耸的烟囱。村子的男人们都在那儿上班。他们每天去得很早，有的骑自行车，有的骑小摩托车。孩子们的学校就在工厂附近，他们一大早就得徒步去上学。妇女们都待在家中。儒斯坦拍完片后，没留地址就溜了，现在，他一人独占着这广袤的整个大地。

散散步，呼吸呼吸新鲜空气，再睡睡觉……这样，他激荡的心潮和如维苏威火山般翻滚的大脑就可慢慢平息下来，停止喷射火焰与熔岩。他在通往田野的印着深深车辙的泥路上一走就是几公里，或在矮林和树林的小径上徜徉。景致相当平淡，显得空荡、辽阔、单调。在这样的风景中行走，仿佛置身于空中或海上，似乎在原地踏步，不见往前去。儒斯坦直到吃饭、睡觉的时间才回家。他那湛蓝的目光很快征服了食品杂货店老板娘瓦芳太太，她表现出无比的忠诚，从物质上解除他在吃住方面的一切后顾之忧。她多么希望能到饭厅一日三餐侍候他，可儒斯坦借口自己用膳不规律，摆脱了她，到厨房自己准备吃喝。厨房间饰着蓝色图案的方格瓷砖，里面有一个通风食品柜，藏着冷食,还有一个丁烷气炉。瓦芳太太早把餐具摆在白木餐桌上,将烧好的蔬菜、鲜鸡蛋和牛排放在炉子边。儒斯坦的拿手好戏,就是善于按自己的口味煎个荷包蛋、烤牛排,自得其乐。瓦芳太太要到第二天才会来,整幢房子就他单独一人,他甚觉惬意。

这真的是他的房子?第一天清晨醒来时产生的那种误入他人家门的感觉不时在他心头出现。每次进屋,他几乎总觉得房子的女主人就要回家。夜晚,窗内昏暗无光,这使他惊愕、不安!他常常故意在小客厅里碰倒拐杖,掀翻椅子,把门碰得吱呀直响……然而没有任何声音回答他,尽管他刚才做的一切几乎是下意识的,但他自觉无趣,像个大傻瓜。他钻进书房,书房以审慎的态度迎接他,在这里,除了书籍,他碰不到任何生灵。

无论是在这间书房,还是在别的地方,儒斯坦·梅朗都踏着一个人新近留下的足迹,这人仿佛还未离去。书房里有张躺椅,红色的绒面,高高的靠背按人体背部的曲线制成,每当他躺在这张椅子上,他的手便不由自主地伸向那些垂手可得的书,这些书经过反复阅读,一到手上便会自动打开,仿佛已经习惯将其中几页呈现在天知道是来寻觅什么东西的人的眼前。这是些小说、传记、神怪故事……这些贝洛、格里姆、霍夫曼和安徒生的书看去就像是一个恪守教规的天主教徒用的弥撒书。还有的书读得已经破损，比如乔治·德·莫利埃的《特莉勒比》，或《长风怒号》《喀尔巴阡城堡》《大个子莫奈》《乡巴佬雅古》……以及伊莎贝尔·埃贝哈德特的所有作品。伊莎贝尔是位俄国穆斯林，于十九世纪末去了阿尔及利亚，在那儿过着阿拉伯人的生活……许多书架摆满了百科全书和有关飞行、天体物理、宇宙航行的书籍……像公证人用的多屉黑色大写字台前有一张褐色的旧皮椅。每当他坐在写字台前便可看到一张普普通通的硬纸板纸垫夹着的吸墨水纸上那反向的字迹。大大的水晶玻璃墨水瓶里没有一点墨水，笔盘上放着许多铅笔、小刀、铅笔刀……光滑油亮，几乎近于黑色的漂亮小皮盒里装着邮票、回形针和图钉。一只乳白色的盘子里摆着好多不同国家的硬币……一只没有水的银杯里插着一支玫瑰花和几支铃兰花，花都已干枯。

儒斯坦可以什么事都不做，双目茫然，思想模糊，在书房里一待就是很长时间。他喜爱这间屋子，书籍组成的四壁比任何人都更热切地拥抱着他，更充满生机地拥抱着他。书房的天花板相当高，整个儿占了底层和一楼的高度，看去好似一个小教堂，尤其是书房有一面呈圆形，墙角圆形的细木护壁板中带着一个个壁橱，那高而窄长的窗扉令人想起教堂的彩画玻璃窗。窗帘虽然是仿壁毯，但十分宽大,显得极为庄重。当儒斯坦第一次拉上窗帘时,他突然感觉到自己妨碍了某人的私生活,马上转过身子,仿佛做了错事被人当场抓住。毫无疑问,占据这座房子的显然不是鬼怪或幽灵,而是一个始终存在的生灵。

他选择了《特莉勒比》。这部书描写的气氛与房子的气氛很适应,儒斯坦情意绵绵地翻动着发黄的书页。他从未读过这部小说,但在英国出生的母亲给他讲过这个神奇的故事:有一位女子,她的嗓子是世界上最动人的,但不幸耳聋,连《月色溶溶》这首家喻户晓的歌曲都不会歌唱。后来,一位男子的神奇力量使她成了最令人赞叹的女歌唱家。就在这位男子逝世的那一天,正处于顶峰时代的特莉勒比在舞台上突然失去了声音。儒斯坦躺在红绒面的躺椅里,面朝书架,被这一个情节发展缓慢的英国民间故事、被作者和自己回忆的声音所陶醉,他仿佛正在结识一位他经常耳闻的人物。特莉勒比在这座房子里自然有她的位置……

一天,他上午散步后,比平素回来得要早些,想问瓦芳太太几个问题。因此,当瓦芳太太自告奋勇为他准备午餐时,他欣然同意了,并尽量逗她说话,而对瓦芳太太来说,开口说话是件极易的事,她险些没完没了地唠叨起自己的一生经历来。瓦芳太太围着他转,掀动着炒锅,一边滔滔不绝地说着。她生性活泼,做起事来总是一心一意,干家务事已经习以为常,犹如一只母鸡啄食和下蛋那么自然。再说,她两条细长的大腿架着一个笨重的躯体,尖尖的鼻子,圆圆的眼睛,似一只母鸡。她身着一件市场上出售的那种白碎花黑色围裙,穿着一双黑色的便鞋:她正在为丈夫戴孝。

不,这座房屋并不是一位夫人出售的,而是属于一家房产公司。而梅朗先生仍想弄清他是从谁手中置下这座房子,谁是这座房子的最后一个主人。可瓦芳太太一无所知……也许这房子的主人就是那位在这儿居住了许多年的妇人,可瓦芳太太和此人不熟悉,因为她自己来这个地区落户的时间还不长,再说,倘若她知道这儿的人的秉性,她当初也决不会抛下在吉索尔的生意……她丧偶后,房产公司的一位经纪人花言巧语,骗走了她的小店……可是,自她搬迁到这个地区以后,那位夫人就一直没有来过?噢,没有,她已经说过,自她到这儿安家后,这座房子一直关闭着。后来,还是那位房产经纪人又找上门来,问她是否愿意代为负责接待购房者的来访,并把房子的钥匙委托给了她。不交给她,他又能交给谁呢?这一带的人很怪……村口城堡的先生和太太只在夏季才到城堡来住一个月，从不驻足于小村庄。瓦芳太太甚至以为除了大农庄的农民外，他们害怕在工厂做工的所有工人，可实际上这儿的农业工人并不比在工厂做工的工人更随和。城堡主是工厂的管委会主任。工厂生产什么？生产的是塑料品。这是一家股份有限公司……凡是大工厂，无一不是股份有限公司。不过工厂还算有个主，名叫热内斯科先生？他个子不高，有可以称得上是金黄色的头发，开着一辆漂亮的汽车……据说他不久前刚刚结婚。工厂里有些事进展不顺利，出了些安全事故。上一个星期，有一个十六岁的童工连手腕带手全给机器轧断了，被送进医院。反正这儿的人跟别处的不一样。男人们一上班，女人们便闭门不出，不到万不得已需要买点盐、糖、肥皂、面条之类，她们不来食品杂货店，而且即使来到小店，也只是说句"您好"之类的话，表示一下意思而已……可是这座房子一卖给梅朗先生后，这些人表面上装着若无其事的样子，暗地里却想方设法打听消息……那位养了一对双胞胎的年轻的玛丽甚至还说："真遗憾，房子原来的那位女主人，是那么风度翩翩……"玛丽可能还提起过那位女主人的名字，可我没注意听，好像叫什么奥蒂尔，奥塔尔……

瓦芳太太告诉他的一切都不值一提，可儒斯坦得知原住在这座房子里的夫人风度翩翩，甚感满意，说到底，他不喜欢对这位夫人了解得更多,住一位陌生女人住过的地方相对来说不那么令人惶惶不安……他为住进她的房子而高兴,这并非因为那位夫人的情趣与他相投,而是因为他好奇心十足,想发现她的情趣,且她的情趣也没有引起他的反感。恰恰相反,他任凭自己受她的情趣影响,并从中感受到了几分愉悦,心想到巴黎城时,一定要去波拿巴街、圣父街去看看那儿出售的乳白色玻璃制品……

一天夜晚,他终于有了新发现。那是初夏的一个温柔的夜晚,甚至在这荒僻的地方,户外也传来了缓慢、茫无目的的脚步声,就像是一对对情侣在漫步缓行。他从书架上取出一本书,忽然一把钥匙从书中掉下来,跌落在他的脚下。他匆忙捡起钥匙,仿佛这钥匙马上会逃走似的。也许是写字台的钥匙?书房里有张写字台,是一件漂亮的古色古香的桃花心木家具,乌黑发亮,反着光,好似一只高顶礼帽发出的回光。可是,这张写字台的钥匙一直不见踪影,致使写字台俨然成了一座堡垒,高大而深幽,不可攻破,占据了书房许多位置。它那封闭、不透光的表面时刻在嘲弄儒斯坦。

钥匙轻而易举地一转,写字台那宽宽的锁档便慢慢地朝儒斯坦方向落下。真是一张漂亮的写字台……中间的大抽屉完全是新哥特式装饰,里面隔成一个个小文件格,抽屉面和格子框架全都用柠檬树木制成,柠檬树木的黄色更衬托出桃花心木的淡雅。儒斯坦赞叹不已。"写字台"①一词是否源于"秘密"一词?若细心寻找,他兴许能发现秘密文件格呢!可新哥特式装饰的大抽屉装满了纸张。儒斯坦拿起一个露在外面的线头一拉,拉出了一叠扎在一起的信纸,其余的全散了,纷乱地落在写字台的绿皮面上!扎成小捆的信札在写字台上弹跳,散乱的纸片则四处乱飞……儒斯坦手足无措,呆乎乎地看着自己不慎引起的像雪片似纷飞的纸片。这一捆捆信札用细绳、饰绦或牛皮筋扎着……有的扎得不结实,全乱了,信与信封分了家……儒斯坦信手捡起一张信笺,打开一看……上面只有三个字:我爱您……真有趣。这下该怎么收拾这乱糟糟的一摊?儒斯坦想方设法,企图把信放回原位,可要再放进去,得首先把这一封封散乱的信整理好。这得花费时间,还要有耐心,否则甭想放好……儒斯坦甚为恼怒,不想继续整理下去。最简单的办法莫过于把全部信件都拿出来,放到别处去,比如付之一炬。儒斯坦走到写字台旁,拿起废纸

---

① 法语中"写字台"为"Secrétaire","秘密"为"Secret",两词词根形态相同。——译注

篓,把扎成小捆的连同散乱的书信全塞进纸篓,又走回写字台,放在上面。在瓦芳太太来处理这些书信前,怎么也得先看看这些到底是什么信吧。

儒斯坦没有坐下,从纸篓里拿出一大把信,放在写字台上摊开,从一个信封中取出一封信,把它打开……就这样,他一封又一封地拆阅着。是些情书。全都是这类信吗?也许不全是……然而这又是写给谁的信呢?儒斯坦在信封上寻找收信人的姓名:布朗诗·奥特维尔夫人……他一叠一叠地查看,全是同一个名字,很可能就是那些书籍、床榻、乳白色玻璃制品及这座房屋的女主人的名字。儒斯坦坐了下来。布朗诗·奥特维尔……他拿起其中一叠信,是为了再查看收信人的名字吗?他又放下了信。总不能冒昧偷看写给这位妇人的情书吧!她已经扔了这些信……这确实不错,但是扔在一件上锁的家具里。她是否遗忘了这些鸿雁呢?瓦芳太太说过,这房子已经一年多没人居住了……哎,真是活见鬼!怎么处理这些信件?该去问谁?问房产公司?儒斯坦重又把纸篓里的一捆捆信件放在写字台上。这些书信有的信纸已经发黄,有的仍很新……他弯腰捡起一张掉落在地的信笺,这是一封信的第三页,写着有棱有角但又带点稚气的蝇头小字:

……因为我丝毫不能为你做点什么。那么,我为我自己也就用不着做什么了。倘若我对你已经毫无用处,那我活在这个世上还有何用呢?为此,我走了,此时此地,我正处于狂热之中……我没有必要欺骗你。我曾想以劳累、好奇心、危险来战胜这种狂热,但无济于事。我曾在茫茫大漠中跋涉,在辽阔蓝天上飞翔,在荆棘丛林中穿行。我也曾和形形色色的黑女人厮混,有的生性软弱,轻易委身,有的十分倔强,心肠若椰子核般坚硬。我曾试着当一名男仆去侍候人,也曾奋发精神,尝试着去管理殖民地;我打猎、垂钓,也当过白人老爷,由黑人抬着游历。在那充满噩梦、幻景、幻影和幻觉的节日和典礼仪式中,我俨如一头野兽,被赤身裸体的黑肤巨人追赶得走投无路……然而,我眼睛看到的只是你!啊!你是珍贵的金银,你是多么伤人、多么冷酷,我温柔的布朗诗!

真有意思……儒斯坦微倾着脑袋,在写字台上那些散乱的书信中翻着,寻觅出自同一个人之手的、字迹有棱有角的书简……没有找到……他索性从写字台下抽出椅子坐下,把纸篓里的信全倒在写字台上,看看是否有必要分拣一下。啊!又是一封同一字迹的信:

亲爱的姑娘,首先,我要向那些现在为你献花的人们致敬。大自然是绝不会容忍空虚存在的,既然我已经离开了……我永远离去了,一切全告终了,就像有人告诉一位母亲,她生下的是一个死胎。我暗自对自己这么说过。长期以来,我期待着、梦想着,然而……到头来却是竹篮打水一场空。真的,我曾努力过。我无私地爱过你,我曾想使你摆脱消沉、孤独和无法与人接触的生活,摆脱那种大家都欣赏你而又不能触摸到你的橱窗似的生活……人们可以目睹到你嚅动嘴唇,却听不到你的声音。当你伸手去抚摸时,橱窗玻璃却又挡住了你的手,这种生活岂不让人到了发疯的地步!我崇高的朋友,我亲爱的妹妹,你不愿做我的终身伴侣……于是,我走了。既然我对你已经无足轻重。我离开了你,投入了虎口之中,但即便如此,我也比在你身边更安全,我亲爱的、温柔的姑娘,我温顺的鳄鱼。我安闲地坐在一只装满炸药的箱子上注视着。这是一种献身于非正义事业的英雄壮举,充满虔诚、充满狂热。啊,上帝!要不怕炎热,不惜流汗!我还要更深切地体验这一切,更进一步去经历这一切!这是我自己选择的职业,我热爱这一职业,就如你爱你的职业一样……

又是一封没有结尾的信……他要更进一步去经历那一切。他干的职业可真是一个有趣的职业！可怎么搞的，他结识了一位最令人瞩目的小说家，这位小说家以引诱女人打开小提包，掏出包中之物为乐事。对他来说，这远比详细叙述一生的故事更有价值，殊不知最为真实的故事也免不了是编造出来骗人的。这座房子犹如一只大提包……主人不在场，随意搜索房内的东西，这不怎么妥当，就像那位小说家与一群充满诱惑力、笑盈盈的女人打交道……可是，这只大提包属于他，属于儒斯坦！可为什么会有捡到失物的感觉，觉得不应该随便乱翻，而应原封不动地交还给女失主呢？儒斯坦开始整理起杂乱的信件：扎成小捆的放在一侧，散乱的和零星的信札放在另一侧。他没有再发现写在薄薄的信纸上的、字迹有棱有角的信……不，这又是一封……

我的布朗诗，你满头棕发，皮肤白皙，光彩照人。我想我不久就要回到蒙特卡洛电台工作。我在这儿实在坚持不下去了。我是个不称职的记者，预感到将发生重大事件，却只有一个念头：赶紧离开。我平生第一次感到再也不能充当一个传声筒了，我坚信自己定能摆脱这一角色……然而，我决不企求任何人来安慰我。沙砾、妇女的面纱、黑绒绒的乌发、白色无尾常礼服、耀眼的阳光,这儿的一切都已经发展到反面……我想不能在信中跟你谈这些,等我回国后再跟你细叙吧。我就要回去了。

我将于月底乘船归国。眼下还有三个星期,既然我还在这儿,我总还得再干点事。我利用眼下的这些时间整理采访笔记。我手头有不少录音和没有剪辑的录像,但愿能和马奇一起把手头的这些事处理完毕。特别有几位传教士,他们劲头很足,想把这些录像好好修饰一番,以赢得众人的喜爱。总之,大家都忙得不亦乐乎,可是你……太太,你却在空间徜徉,以寻觅引力极……真是耻辱!……

信上的字只写在信笺的一侧,字与字、行与行之间都留有很大的空隙,因此尽管是蝇头小字,通篇并不显得密密麻麻……这种字迹出于一名记者之手,确实令人觉得可笑,看去就像是个孩子写的。儒斯坦站起身,踱步来到敞开的窗前。月亮弯弯,宛如一把崭新的镰刀挂在空中,高悬在黑暗的夜空。那些旧信札具有强烈的诱惑力……信中的这些话倘若出现在哪部书中,就早已谈不上秘密,失去其令人伤感的色彩了,犹如置身肃穆的乡村墓地,看到那满目生机勃勃的鲜花和扎着锈迹斑斑的铁丝、露珠晶莹闪亮的花圈,墓碑上刻着的名字也就不那么神秘,不那么伤感了。儒斯坦凝视着夜空,任凭黑夜把他吞噬,心头升腾起一种痛苦中交织着幸福的感觉。突然,一阵风起,大自然为之一震,百叶窗咣当一声撞击在墙上。儒斯坦关上窗扉。他重又坐到写字台前。噢,对了,那些情书,他都给忘了。

儒斯坦拿起一小叠用一根相当脏的白绳子扎着的信,这一叠只有五六封……信厚厚的,用打字机打在一种漂亮的水印纸上,只有一封是用工整的手写体写的……所有的信都没有信封,但标有日期……甚至是按时间顺序整理得有条不紊。

三月八日

我到底楼,给您打了电话。

不,我不是要与您说话,而是想听到您的声音。

也许您会在电话中回我一声:

"喂。"

抑或没有回音,您会不耐烦地说上几句别的话。

可您却没有作任何声音。

我的耳朵定将在寂静的黑潭中丧失官能。

躯体笔直地等待着没有沟通的电话交谈,揉着紧贴寂静无声的听筒的耳朵,这实在滑稽可笑。

通往爱情的道路有两条:一条是"观望",另一条是"希望"。

我就是沿着这两条道路前进的。

在我叙述的事中,我没有说一句假话,我是一个诚实的人。

布朗诗,您并不是个引人注目的女人。人们甚至都不会注意到您。

可是,我却习惯于凭机器发出的声响去控制这些机器。

您的话声透出您思维的步伐和您心脏跳动的节奏,显示出您的愿望是如何产生,而又如何得到满足的。听到您的声音,就可知道您是怎么生活的。我谛听着,我知道女工们在工厂分拣产品是不会排除第二次分拣的可能性的。产品无可挑剔。噢,别谈我的所见所闻了。有关客观的及无关紧要的一切,我都谈到了。接下来,话题该转到赞扬上来了。我并不想赞美您,因为赞扬会使人负下情分。现在,我还是直抒胸臆,谈谈我的愿望吧。

这是难以启齿的事。幸亏您准许我给您写信,您也明白我跟您谈的是爱情。

即使在最大的都市,当人们对它的生活已经习以为常时,它就自然会缩小,显得渺小、俗气。

任何一座城市都有其特有的气息。每件事物都被其特有的气息暴露了它与世俱生的俗气。

您秀发的温馨就像是一座都市的气息,对我来说,唯有这座城市不会变得渺小、俗气。谁都会倾倒在您的双手面前,人们可以听到您身上衣服摩擦发出的窸窣声,或因一时恼怒,连看都没看一眼,便将来信撕个粉碎时发出的声响。我不想再继续打什么比方了,还是一是一,二是二,简简单单,有什么就说什么吧。

我不愿丧失理智。

我不愿在梦想中乞求您对我的爱。

我还没有想过您将来会属于我,抑或说几乎没有想过。

现在,我唯一奢望的是拥抱您。

我为此深感痛苦。

我伏案冥想,渴望着拥抱您。

您对我说:"不该这样,这会带来巨大痛苦的。"

然而,我仍期望拥抱您。

我完全清楚不该去打电话。可我去打电话自有我的理由,我想这是出于礼貌,认为不辞而别,不了解一下您的近况就悄然离去,这太不近人情了。因此,我打了电话。可没有回音。

我胆子愈来愈大了。当我忘记该谨慎行事时,电话里又突然传来了回话……

您瞧,布朗诗,连写任何一封信的机会都不能放过。

我不知为什么会这么唠唠叨叨,仅仅是为了重复我已经对您说过的话,仅仅是为了喊一声您的名字:布朗诗。

啊,我想要和您说的是别的话。

我想对您说:

我爱您。

B.

第二封是同一天用手写体写的信。

三月八日

布朗诗,漫漫长夜也不够我写完这封答应写的信。天气寒冷。回来时,我因双手冻得发僵,连开门都很困难。

天哪,实在太冷了。我怎么都暖和不过来,纵然靠近滚烫的取暖器,也无济于事。

现在已经是早上七点钟。新的一天来临了,又要开始工作。今天要做的事很多,因为在海上航行遇到了大风大浪,有做不完的事。

可我必须继续写这封已经答应过您的信,无论如何得在明天早上写完它。

布朗诗,您知道我发生了什么事?我从一架飞机上跳了下去……当我失去了处在高空的感觉,巴黎灰蒙蒙的景色与周围的乡村融为一体时,我走出驾驶舱,打开了跳伞舱门,跳了下去。您,您完全知道从飞机上往下跳是怎么一回事。

我落到地上,停止了呼吸。心脏也似乎停止了跳动。然而,一点事也没有,不过过了好久,我才恢复了活动能力。布朗诗,从云端上往下跳,并不可怕,远不如从房顶上往下跳可怖。从房顶上往下跳,有可能摔死,可从云端上往下跳……那云端高得不可能发生任何意外的事。

然而,一件意外的事使我诧异:跳机本该给我带来温暖,可我却很冷,冷得浑身哆嗦。这到底是怎么回事？我所希冀的,只是要跳落在花街,其他的一切对我来说都无关紧要。随世间万物怎么发展,我需要的只是:脑袋撞在花街的路石上。我想这就是失恋的痛苦吧。

布——朗——诗！

B.

标着同一日期的两封信期间,肯定发生了什么事……B有可能在上午寄发了那封用打字机打得工工整整的信。晚上,他见到了布朗诗,两人之间闹了什么别扭……于是,他答应用信来说明……下面这满满的几页纸也许就是B在当天夜里未能写完,准备第二天夜里继续写的信……这信看去字斟句酌,像是文学作品,甚至连版面安排也很讲究。

三月十二至十三日
给布朗诗的信

发自肺腑的、毫不夸张的心声

令人难忘的一天,布朗诗,多么令人难忘的一天！

在昨夜的暴风雨中,我们有一艘船损失惨重。人员没有伤亡,但物质损失很严重。

不过,我们的这次行动极为成功,为法兰西赢得了近十亿法郎,哪怕您的朋友,遇事始终沉着冷静的观察家和新闻报道专家皮埃尔·拉布尔加德也会感到震惊。像这样损失惨重而又收获甚丰的日子是罕见的。

我已经精疲力竭。现在是夜十一点。可既然我答应了您,这封信必须在今晚写毕,它是我们的一桩心事。

我带着一种酷似恐惧的心情坐在打字机前。

我害怕这一任务的艰巨及我能力的有限。

面对您,我已经束手无策,就像被剥夺了公民权,沦为一位流亡者,尽管我还可以要求您在做出最后判决之前,再赐给我二十四个小时的限期。

您欣然恩准我给您写信。我借此机会,寄希望于您的恩赐,而不指望自己有什么能力。

您今天,请允许我用一个粗俗的词,把我骂了个狗血淋头。我不是恭维您,打从孩提时代起,还从来没有人像您骂得这么淋漓尽致。

尽管我看见连听筒都在我那煞白的耳朵前"涨红了脸",可您的训斥既没有伤害我,也没有给我造成痛苦。

在我的心底,正义感远比自尊心要强。您那么严厉是有道理的。我的行为确实无法容忍。您的训斥冷酷无情,毫不含糊,也恰到好处。谢谢您,布朗诗,我衷心地感谢您。唯一使我痛苦的,是您不由分说便下了禁令,禁止我再与您见面。

您在预审结束前五分钟就无情地宣布了判决。

这就不仅仅是一种训斥,而不啻是一记耳光了。我在"局促不安"的电话机旁,羞愧得无地自容,几乎就要死去。然而,我不得不接受您的判处,承受您给我造成的创伤。由于我对您深怀敬意,感激不尽,因此,我没有不服,提出异议。

尽管我们只是初交,然而我对您的感激之情是那些在您身边甚至生活了许多个岁月的人所无法比拟的……

儒斯坦一目十行,浏览了下面几页……B犯了什么错误、什么过失,可儒斯坦看不出他到底错在何处……

您说我行为不端,到底怀疑我怀有何种企图?我对自己确实不了解,确实一无所知!

我曾和您谈过我的企图吗?您好好想一想……

从来没有。

噢,儒斯坦暗自思忖,莫非是毁约?布朗诗婚后还缠着B,而B想方设法,想摆脱这种微妙的困境,儒斯坦觉得这样实在令人厌恶……

……即使我跟您谈过什么愿望,您显然也是不会相信的。您我之间要是出现这种事,那该会遭世人奚落。我相当文雅、有教养,甚至如您所说,也相当可恶,决不会一时心血来潮,做出荒唐的事来,再说您和我都不受任何原始法的限制。

您说您对我没有任何意义上的感情。这并非因为您对我不了解,而是因为您不善于很快选择应持何种态度与我相处。既然现在事情已经无法挽回,请允许我跟您谈谈您未能找到的解决方法。

目前的情况,与任何类似的情况一样,您该当机立断,毫不犹豫地只表示出反感之情。您不该前怕狼,后怕虎。我不是要您憎恨我,只不过给您出个主意而已。只有憎恨我,您心头的压力才能降低到最低程度。

我根本不需要阿司匹林,布朗诗,我没有生病,我用不着治疗。50至96度的温度还不至于引起脑充血,造成死亡。

这高温阻挡不了我为法兰西赢得五亿法郎。

它并不能阻挡我弥补海上遭受的巨大损失的决心。

跟皮埃尔·拉布尔加德踏上一个荒凉的小岛,这一尝试只不过是一次小规模的训练。

即使我需要治疗,我也决不接受您施舍的任何药品,布朗诗,因为我没有权利接受。您想与我订立一个类似与皮埃尔·拉布尔加德订立的"协约",从而给予我根本不能奢望得到的东西。其实,在我们的对话结束时,您的施与就像是一种赦免。您的这一举动如此慷慨,我只能对您表示感谢。用不着如此大度,人们对您也会一见钟情。

然而,您的馈赠,我拒绝接受。

不要责怪我。

您可以不再把我当作您的男朋友——一则我荣幸至极,愧不敢当,二则您勉强为之,过分为难。

但是,或许有必要尽量理解我的行为。我的行为确属罕见。最异乎寻常的,是我不愿接受您的任何东西,没有任何企求,没有任何要求。可我变得确实太快了。我就像一个压紧的弹簧,突然间松开了。我爱您。我的表是快是慢,这又有何妨?不管您怎么想,都改变不了这一事实。这是我的事,我用不着向别人,甚至用不着向您要求准许我爱。

当然,要和您谈谈我对您的爱,这需要得到允许,可我已经得到允许,已经骗得您的允许。

您必须知道,我不奢望从我的爱情中得到什么,且从来没有指望您接受我的爱。

我想在爱情方面,我的经验要比您丰富,尽管我还从来没有特别专心于此。

我工作忙得不可开交,这是个遁词,对吗?我的经验告诉我,倘若我追求您,其结果肯定是零。我无法得到您,要想得到您,纯属徒然。正因为如此,我才没有要什么手腕。也许在我的一生中,我对任何女人都从来没有像对您这样坦诚。

我只向您隐瞒了一件事,一个举动。要向您透露这件事,这对我来说太痛苦了,也毫无必要。倘若您允许我把这一秘密深藏我的心底而离去,我将不胜感激。

尽管我今天已经像磨成粉末的麦粒,但我对您的爱并不比昨日少一分,也许比昨日还更深,我将一如既往,不指望得到任何什么东西,对您一无所求,哪怕在梦中。

我所希望的只是能见到您,当别人在我面前提到您的名字时,我还有权利不为此而羞愧脸红。

布朗诗,您还想再一次洗刷我的脑袋,训斥我一顿吗?

布朗诗,您是我的光明,我再也不能给您写信了。我担心会禁不住说出不该启齿的最关键的事。

B.

三月十五日

布朗诗:

来信收阅。

上帝,我难过。布朗诗,我多么难过!

我将每天都重温您的来信,就像一位基督徒每日不忘读《圣经》。

当我年过半百,不会为爱过或痛苦过而羞愧难言时,我将作为自传发表这封信。

我看到自己就像一件物品,被一只灵巧而精明的手放置到了原位。

我感谢您恢复了我见您的权利。

读了您的来信后,我感到愈来愈坚强,愈来愈聪明了。

　　　　　　　　　　　　　　　　B.

儒斯坦把信扔在桌上,站起身来。这种玩意儿只有当事双方才会感兴趣。他伸了伸懒腰,打了个呵欠,推开了座椅。

寂静……夜间一片静悄悄的,这正是这座房屋的最大优点之一。儒斯坦现已补足了睡眠,清晨六时就早早醒来,上班的轻骑声再也不打扰他了。明天,他要去远足。他的双腿渐渐灵活了,他要进行一次长途跋涉。

他登上楼梯,推开房门,打开了灯:在这间形如烟盒的明亮、珍贵的房间里,梳妆台上的那些乳白色玻璃制品在灯光照耀下大放异彩,有的呈玫瑰色,有的一片绿色。那种异样的感觉重又袭上他的心头:误入他人家门,踏入了一位陌生女人的内屋,他不禁感到恼怒。所有这一切分明属于他,他是这座房子的主人,而她不该把自己的书信遗忘在这里。

儒斯坦来到户外的平台上,大口大口地呼吸夜间这春意融融的湿润的空气。布朗诗跟谁到过这里?是和国务活动家？那位能为法兰西赢得五亿法郎的情人可能就是位国务活动家……或许是位科学家，他俩也许都是。谈情说爱，他并不内行，唯一的愿望是要有诗情画意，以自己的情爱为材料搞文学创作。虽然对自己的作家天赋并不满意，但他暗自思忖，说不定自己也能像"新法兰西杂志"派的作家先生们一样一鸣惊人呢……这就是他所极力掩饰的用心之所在。这人说不定府邸门前有接待员，出门有摩托车队为他的轿车开道，然而，他和普通年轻人一样有着爱。布朗诗完全可以牵着他的鼻子走！这个布朗诗或许和她的那位记者皮埃尔·拉布尔加德来过这里。儒斯坦·梅朗突然感到滑稽可笑……"这个"布朗诗，"她的"记者，听他这口气，仿佛他有些恼恨似的。别人的私生活总有旁人难以理解的地方。比如在一家旅馆里，透过隔墙听到这么两句话："这屁股玩意儿是谁的？""是约瑟夫的！……"继而在接待厅遇到一位上了一定年纪的、胸前别着法兰西玫瑰花形荣誉勋章的先生，夫人体面、可敬，可没想到夫人喊了一句："约瑟夫！快点，我们要赶不上火车了！"弄得人简直如坠梦境，不敢相信那隔墙后面的粗话竟会出自她之口。

儒斯坦心想，布朗诗乱扔下的这些情书没有任何淫秽的东西，不是些见不得人的信件。那两位写信求爱的男子在信中表现了他们的最崇高的情感，当然也痴情得愚蠢至极。

儒斯坦本人在爱情方面有不少隐私。在电影界，人们私下对他大加议论，但在影视界，这类事无关紧要。

他接触的女人何其多！她们一个个都巴不得委身于他，要知道这些女人的梦想能否实现，往往取决于他。众所周知，他一心考虑多出片子，在男女私情上难以攻破，于是人们便寻找他的恶习、恶癖。也许他确实有恶习。然而，他那双连眼圈都发蓝的眼睛和头上那形似光晕的一圈头发——随着岁月的流逝，这光晕越来越往后移——在一定程度上，可使他免遭众人过分粗俗的猜测。把自己比作淫荡的修士也许是对宗教的一种亵渎。倘若他真有恶癖的话，那该会比别人的更奇特……不，他在这一方面并引不起公众强烈的好奇心。他的创造天才犹如一道屏幕，遮住了一切。

他就像圣父一样善于创造，为此赢得了众人的尊敬。在他的作品中，一切都是相互关联，不可缺少的，就像世界上的万事万物，缺一不可，作品的美产生于其合理性和一种不可言状的非规则性及无意识性，这些作品似乎赋予了儒斯坦·梅朗特殊的权利……

这天夜里，儒斯坦久久不能入睡。这里静得出奇。一般情况下,即使再静,也能在周围听到微小、细弱的声响,像是裹着一个似有非有、难以察觉的音层。然而在这房间里,静得没有一点声息。儒斯坦仿佛听到苍蝇在墙上爬动,电流在电线里飞逝,夜间那阵阵幽香从平台向他飘来。这就像那音乐声被压抑在已经通电的收音机里,只是音键还没有打开。那声响只要一解放,就可爆发出来……儒斯坦几次打开床头灯,只是为了看一看那些乳白色玻璃制品染上的光彩,座钟指明的钟点。直到东方露出鱼肚白色,儒斯坦才昏昏入睡,可第一辆出门的轻骑马上把他吵醒了:已经六点半钟。他总算眯了一会儿,睁眼下了床,用马尾手套①擦着身上的皮肤,他躯体已经有点发胖,周身没有一根毛,肌肤很白。儒斯坦哼起小曲,吹起口哨,自我感觉极佳。

他那白色的DS高级轿车开足马力,轰隆隆地转弯、爬坡、下岭,轻巧而又稳当。儒斯坦想先驾车行驶二十来公里,然后扔下车子,徒步行走……等到发现了迷人的风景,他就停车。

轿车在森林中行驶,林子还不十分茂密,光线明亮,一片嫩绿。百年大树树干粗壮,枝丫上又添了新绿,生机勃

---

① 西方人常用马尾手套擦身子,以促进血液循环。——译注

勃……儒斯坦还是下不了下车的决心。五十公里，六十公里，七十公里……直到车子开到一家小客栈前，周围没有一棵树，他才停了车。客栈虽小，气派很大。儒斯坦走进客栈，要了一杯咖啡。男侍还只穿着衬衫，趿拉着一双拖鞋。露天座别出心裁，四周装上了玻璃，射进束束阳光，俨然是一个暖房……透过玻璃，可见一座精心拾掇的大花园，树身都刷上了石灰，白色一片；巨大的纳韦尔花坛白蓝相间，坛子里鲜花还没有盛开，摆在一个水池边，池里的水清澈见底。圆桌旁，椅子乌黑闪亮，全都是新近油漆的。周围，连那草坪都仿佛刷上了一层漆，呈翡翠绿色。花坛露出乌黑的泥土，土粒均匀。一簇巨大的迎春花奇迹般盛开着，白、绿、黄、紫，色彩鲜艳。再好不过了，就把车子停在这里，信步漫游一番，再回来用午餐。儒斯坦·梅朗食不厌精，只要有机会，绝不放过。

客栈坐落在十字路口。儒斯坦刚才行驶的那条公路平淡无奇，继续延伸，通向人口稠密的城镇。与这条公路交叉的一条路呈坡形，噢，不，一共有两条，几乎平行，儒斯坦被其中一条路口的箭形指示牌所吸引，牌子上写着：

"死马"露营地

这实在吸引人！道路沿坡而上，箭头直刺苍天。儒斯坦下决心选了这条路。

这是一条新修的公路,乌黑闪亮的柏油直沾鞋跟。公路盘旋而上,不过从第二个急转弯开始,路旁的荆棘丛便渐渐稀落,眼界大为开阔,可以举目远眺。山风掀起儒斯坦的罗登呢斗篷风帽,形似光晕的那圈头发吹得乱糟糟的。他游兴正浓,双腿像装了弹簧,脚底像安了马达,毫不费力地登山。风景愈来愈开阔。一些新修的柏油路不时与他行走的公路交叉,在山腰上纵横交错,单一的黑色。除了公路,山坡上巨石巍然,布满岩石碎块,顽强生长的欧石楠还没有开花,乱石中荆棘丛生,长着青苔……天空越来越辽阔,愈来愈蓝,点缀着一大团一大团白色的云彩,宛如鼓起的鸭绒被,里面的鸭绒缓缓地飞出,轻盈地飘忽。太阳愈来愈炎热,仿佛儒斯坦每向上登一步,就真的与太阳更接近一分。

他已经行走了足足一个小时。每到路口,便可见赫然入目的指示牌:"死马"露营地。不过箭头同时指向两个方向,看来条条道路通营地,可随意选择!露营地说不定很壮观……山间,乱石堆中突然出现了一片新栽的冷杉,树根周围布满欧石楠。冷杉长得很不茂盛,杉针稀稀落落,有些枯黄,就像是动物园里的动物,皮毛没有光泽。一个急转弯后,儒斯坦发现那乱石堆和荆棘丛中有一个东西形如一辆带篷的卡车……他停下脚步,仔细地看着那一奇形怪状的小建筑物……像是广告亭,又如展览馆的一个小展览厅……到底是什么东西?莫非是一种畸形扩大的常用物品,比如一只木鞋或一把熨斗?是什么材料制成的?是混凝泥浆?是塑料?新修成时也许色彩鲜艳,可现在已经褪色,肮脏不堪。小建筑物上还开了几扇小窗户,挂着小窗帘……这间奇特、丑陋的小屋子的主人会是哪部动画片中的人物?儒斯坦决定回来时再到近处去看个究竟。现在,他渴望爬到山顶去看看露营地,以满足他的好奇心,也许那里有一片更为开阔的空地呢。他又大步向前走去。不一刻,一只巨大的指示牌架在两根杆子上,白底黑字,写着醒目的大字:

"死马"露营地

这是一片高地,平坦、宽阔,布满了帐篷,几乎一个紧挨着一个。儒斯坦行走的那条公路沿着高地陡峭的边缘延伸。儒斯坦背朝露营地,看着眼前豁然开朗的奇妙景色:山坡怪石嶙峋,七歪八斜,一直伸向山脚下那一片片淡色的大树林,继而是一望无际的平坦的田野,田野周围镶饰着花边,长着树木……法国真是个美丽的国家!走出三步,景色便迥然不同,人们以为是置身于另一个国家,可仍然是在法国,再走还是法国。风呼呼直吹,钻进儒斯坦的斗篷,刮起团团尘土、沙石。儒斯坦弓着腰,穿过公路……走进了营地的范围。

不见人影……眼下露营季节未到,营地还没有开放,也用不着这么早就准备接待游客。脚下的地面凹凸不平,坑坑洼洼,稀稀拉拉地长着几簇枯黄的野草。帐篷褪色的油布横扫地面,好似流浪女子的长裙的裙裾拖地。露天一排排盥洗盆,油漆已经剥落,铁锈无孔不入,到处锈迹斑斑。一个巨大的游泳池没有一滴水,水泥池底布满裂缝……风吹打着一排十来个连在一起的厕所的门,砰砰直响,好一出别有风味的芭蕾舞!所有这一切全都被彻底遗弃。儒斯坦来到一片栗色的帐篷前,这是美国处理的剩余军用品,巨大的帐篷阴森森的,他不禁产生了一种隐隐约约的不适感。他极力想象着这里的场面:人山人海,人们玩乐欢叫,生机勃勃,金色的皮肤。可怎么都想象不出来。再说,这儿的风不停地吹,人很容易疲乏。儒斯坦穿过两排帐篷间狭窄的过道,向一座房子走去。在露营季节,这座房子可能就是营地管理机构的办公地点。房子较大,共三层,像只盒子,呈白色,引不起人们的兴趣,看来与营地的其他设施属同一命运,早被主人遗弃。不过,百叶窗敞开着,窗玻璃像睁大了眼睛,一动不动地闪烁着光芒。儒斯坦走近房子,信手推了推写着"酒吧"两字的那扇门,心想这门肯定锁着……可没想到门居然开了！儒斯坦肯定是第一位受骗上当的游客。

他站在门槛上,看着里面一片败落的景象,各种用品全都是用塑料制成的,上面积满尘埃……

"有人吗？"儒斯坦问了一声,等了一会,又高声问道："没人吗？"

显然没有人。儒斯坦走进房子,有人企图扯下塑料地毯,那地面就像是遍体鳞伤的躯体,这里被揭去了皮,那里挂着一块肮脏的表皮,看了令人恶心。酒吧的柜台坐落在玻璃窗旁边,金色的阳光像潮水般泻进房子,窗玻璃的尘埃也无法阻挡住它们。阳光落在柜台后的空酒瓶上、碎玻璃瓶堆上,在所有那些歪歪扭扭、布满裂缝、凹凸不平的仿桃花心木制品上闪耀……一束人造玫瑰花在这令人窒息的空气中早已凋谢,空气中充满强烈的酒味,好似一个喝得半醉的人过近地凑在您的面前,酒气熏天。儒斯坦赶紧转身,走出房子,又置身于风吹之下。

他背朝房子,坐在一只空箱子上,久久地细看着眼前的景象,渐渐地融进了天地相接的奇观之中。

当他重又找到客栈时,午餐的时间差不多已经过了。

"重又找到"这四个字用得再贴切不过了。他返回时,由于到处是一个模样的新修的路,几次弄错了方向,最后下了那道与来时相反的山坡,以致到山脚后,不得不围着这座小山转了一圈,好不容易才重又找到这家忘了问店名的鬼客栈。

他坐在一张早已准备好的餐桌前,上面放着冷盘正等着他,他甚觉满意,加之肚子已经饿了,觉得菜肴味道很美,连膳食总管都显得很完美,只见他身着洁白的罩衫,整齐清洁,且不乏总管的灵敏嗅觉,马上觉察到这位披着罗登呢斗篷、衣着飘动的顾客准是个"人物"。除星期天外,客栈平时几乎无人光顾,所以膳食总管便全力照顾儒斯坦,见儒斯坦谢绝蔬菜和甜食,心里不是滋味。喝咖啡时,他不仅乐意与儒斯坦交谈,而且还主动找话题。他一副家父的模样,两只大脚忙个不停。山上的"营地"?那说来话长!这一地区露营者成灾,各要道、各山口、河边,全都是帐篷……可由于缺水,露营者们无法到山顶上去住,然而山顶上景色壮丽,蚊蝇也少……住在上面,简直真像置身于深山之中!在夏季,空气清新,有益健康……蜂蛇也要比在"纳凉"营地少。"纳凉"营地也很别致,满目怪石峻岩,可老蛇成灾,尽管他们矢口否认。到山顶上露营,是大家的梦想,人们说呀,盼呀,可水的问题总是解决不了……

一直等到这个地区来了一位不同凡响的人……那人是个商人。初来时,行为举止让人信任。他到此来并不是为了做生意,而是因为听说那山上是个理想的露营地……一时心血来潮,他置下了德·拉维兹城堡,大兴土木,好不气派!这座城堡实际上只是一座废墟,破破烂烂……人们心里都在思忖,这哪里能够修复,再富有也无济于事!可破旧的废墟完全可能成为珍宝!男爵花费的钱,那是另一码事……反正至少得耗资几千万旧法郎。他常来我们这儿用午餐、晚餐,给我们带来了许多客人。那风度,就像教皇庇护十二世!鹰嘴鼻,高挑个,背有点驼……

"他多大年纪?"儒斯坦问道,极力想象男爵的模样。

"那……那是六七年前的事,当时他约莫五十岁。现在,该是个老头了……"

"他一直住在这儿?"

"当然,一直都在……"

"我打断您的话了……如果不打扰您的话,请再讲下去。您愿意陪我一起喝一杯吗?……"

"那敢情好……可我现在不得不去站酒吧间柜台。用午餐的时间已过。每年淡季,平常日子里,老板在用人方面很节省。"

"那好,我们就去酒吧间好了……"

膳食总管在酒吧给儒斯坦盛了咖啡,一边抱歉说,酒吧间是普通顾客随便喝一杯的地方,委屈了来餐厅用膳的先生……他把儒斯坦安置在一张大理石餐桌前的仿皮椅上,自己站在酒吧柜台后。儒斯坦点燃了烟斗,想听他继续讲下去。酒吧间空无一人,他们可以无拘无束地在这里继续交谈。

"噢,"儒斯坦·梅朗道,"您刚才说那位男爵先生一直住在这儿……"

"对……只不过现在是暂时自由,暂时住在这儿!"

"嗯,怎么回事……"

"是这么回事,先生,我知道做生意的人最终总免不了要失去理智……"总管边说边送上一瓶阿马尼亚克白酒,斟了两只球形大玻璃杯。

"先生,这是我们专门保存,用来招待特殊宾客的……"

他先让儒斯坦呷了一口,等待称赞的话声,接着端上另一杯酒,走回了柜台后,继续说道:

"我刚才说,那些商人简直没有头脑,不知道适可而止。德·维维尔男爵先生钱多得只有交易所的买卖记录卡才弄得清楚,可他什么事都要插一手,不知到底图个啥……男爵成立了一个股份有限公司,美其名曰'死马'露营公司。"

"他觉得'死马'这名字美吗?"

"这不是他的过错,他也无能为力……自古以来,这块地方就叫'死马'……有人曾想法易名,但白费气力!先生,就说我们这家客栈吧,顾客很体面,我们同心协力起了一个店号'国王三骑士',可这里的人们还是称它为'死马'……"

他们俩一起笑了起来。膳食总管脸部笨重而憔悴,松弛的皮肤毫无光泽,坑坑洼洼,布满黑点、皱纹和得疖子留下的疤痕。他介绍说,总而言之,男爵汇集了资本……他目光远大。山顶的露营地应为露营者尽量提供方便。他们用不着带那些累赘的帐篷及工具,营地设施齐全。总之,就像个帐篷旅馆,露营者要是不乐意自己做饭,可在营地的餐厅用膳,无须下山去采购食物,或东跑西颠去找小酒馆,这一带,也就我们这儿一家像样的客栈,不然,得跑十里才能找到一家还算过得去的酒店,质量还很差。山上有一座游泳池,一个舞厅,一个网球场,甚至还有一个微型高尔夫球场……什么都可租到,连收音机也可租借。男爵还投入了大量的资本修筑一个公路网……指望来露营地的汽车川流不息……当然,山上还引去了水、电,装了电话……

一个男子走进酒吧间,要了杯啤酒,一饮而尽,将钱往柜台上一扔,出了店门。外面很快传来汽车的发动声。

"然后嘛……"膳食总管兼酒吧招待擦净了开车路过小店的顾客喝啤酒时留下的酒沫,取走了啤酒杯,继续说道,"他们干起了一系列愚蠢事。首先是露营地的管理头目……谁知道是从哪儿找来的,与其说是管理有闲情逸致的人们游玩的场所的头子,倒不如说是看守集中营的下士。他对来营地的游客动辄就骂,就差没有用棍子了……这当然不行。引起了丑闻,争吵,甚至斗殴。上山去露营的人气鼓鼓地下来。我们这儿听到不少传闻,说什么的都有,游客们哪能习惯这种管理方法……这都是些体面人啊,他们都舍得花钱在我们这儿用午餐。开始,来露营的人络绎不绝,据说,到山顶去露营很时髦,尽管还没有完全修好……人们都传说山顶美极了,风景秀丽,空气清新,视野开阔,清静安闲……有了那营地,根本不需要去别的山庄!可没过多久,那条狗经常来找露营者们的茬子,训这人水龙头没有拧紧,又骂那人在明亮的月光下拥吻,斥责他们太阳一出山就嬉笑打闹个不停……不过,真正使营地问津者寥寥无几的大祸还在后头……开始,营地还是很时髦的,本地区其他营地的经营者感到受到了威胁,害怕之余,联合起来拆'死马'营地的台。因为说到底,有我无你,要么他们的营地生存下去,要么男爵的股份有限公司就会夺了他们的饭碗。他们串通一气,'死马'露营地申请经营酒类遭到了拒绝,接着,干脆禁止出售!……您想想,像这么一个露营地,没有酒卖!……这样一来,就不难捆住那条恶狗的手脚了。他不得不违章私自出售酒。后来,为了弥补罚款造成的亏损,他将租住帐篷的价格提高了三倍……这就乱了套了,帐篷是今天一个价,明天又是一个价……游客们气极了。男爵呢,他可从不过问管理上的鸡毛蒜皮的小事。他嘛,管的是资本,是出主意……他四处派人,在这个地区招徕生意,引平民百姓上钩,搜刮钱财……他们到处游说,吹得天花乱坠,说要在山上开店,开亭子,露营者们需要什么就有什么……连针线、草鞋、草帽、罐头、酒精都考虑到了……谁要投资就赶紧投资,股份有限,别让别人抢了先……小商人们拿出了钱,成了一桩已经奄奄一息的事业的股东……"

"这个男爵是个骗子!"

"也许就是个骗子,先生……所以我刚才一开始就向您说明,他现在是暂时自由,暂时住在这里。营地最后破了产。数百个小商小贩也跟着倒霉,翻了船。有关营地的一切设施全都停工,包括公路网、营地治理等工程。酒吧和餐厅一一关闭……"

"那男爵还自由自在,到处乱逛?"

"是呀,先生,他这就来了……"

一个男子走了进来……高高的个子,佝偻的背上穿着一件肮脏不堪的羊皮黑上衣,头上压着一顶贝雷帽。他朝儒斯坦·梅朗投来一束秃鹫一般锐利的目光,小小的眼睛,耷拉着眼帘,呈茶褐色。他戴着手套的手一抬,向酒吧招待问好,声音刺耳:"您好,安托万……"儒斯坦敲了敲烟斗……安托万认为他要结账,说了声:"来了,先生!"说罢,便进了餐厅。男爵一动不动,仿佛任人仔细打量:尖尖的鹰嘴鼻,长长的脸,胡子没有刮,一副肝炎患者的面色,跟他的羊皮里上衣、破旧的马裤颜色相差无几……他一副懒洋洋的样子,手肘支在酒吧柜台上,仰着胸脯,抬着下巴,实在可悲又可笑,但仍不失风度。安托万拿着账单回到了酒吧。

他坚持要送儒斯坦·梅朗上车,一边为他开门,一边道:

"现在是什么世道,先生。我们那时候,根本不搞什么露营,难道就不幸福了?依我看,恰恰相反,我们那时比现在生活要更稳定……"

"也许是这样,安托万……"儒斯坦坐进了他那辆白色的 DS 轿车,继续说道,"男爵干的事……让平民百姓破产……太不道德了……"

"是呀,是不太道德……可话又要说回来,他们也不该见钱眼开,轻易冒险呀。我就没有把为孩子们积攒起来的钱拱手交给他嘛,对不对?我们这个世道,再也没有道德可言了。再说,先生,请相信我的话,这里头呀准有个女人在作怪……是她毁了他的道德……"

"一个女人!可安托万,您一直没有跟我提起嘛!等到要分手了,您才谈起她!我以为该说的都说了呢!我还得再来一次。"儒斯坦双手握着方向盘,一边说道:"我一定再来,我吃得很好,和您在一起很愉快……谢谢,安托万。"

儒斯坦说罢又塞给安托万一笔可观的小费,接着,启动汽车离去了。

白昼越来越长。儒斯坦在露营地兜了一圈,在客栈用了午餐,与安托万一席长谈后,上路时太阳还很高。他开着车,心想就要回到家里,回到他的那座房子,不禁乐滋滋的。他想象着卧室、书房、写字台上的信札……对,他突然又产生了欲望,想要再浏览一下那些信件。于是,他开足马力,以平均一百公里的时速赶回了家,带着主人那特有的愉快心情打开了栅门,把车开进车库,穿过厨房和饭厅。太阳透过百叶窗,给饭厅的瓷砖贴面染上了一道道黄色的余晖……接着,他把罗登厚呢斗篷脱在小客厅,走进了书房。

重又置身于这间宽敞的屋子是多么惬意啊！太阳已经弃下高大的窗扉，转到了饭厅一侧。红色的座椅在书籍面前等待着他，那一排排藏书呈现出褪淡的金色、石榴红色和栗色，这一奢华的色彩是任何装帧者无法设计、无法模仿的，全靠一本本书编织而成……儒斯坦心头不由得产生了一种特殊的感觉，仿佛是对曾经在这儿生活过的那位妇人的敬意。这位妇人是这些信件的主人布朗诗吗？对，有可能是她，布朗诗·奥特维尔。儒斯坦朝那堆散乱的信札瞥了一眼，出门进了卧室后的浴室，洗净了双手，换了双鞋子。

多么雅致的浴室！只有女人才会在浴室里铺上割绒地毯，浴缸四周嵌上桃花心木。铜质的水龙头呈天鹅颈状，光彩熠熠，回映在嵌在铜框里的巨大的镜中。三叉壁灯装有蓝蝴蝶花状的灯罩，紫色已经褪淡。所有这些装饰全都已经陈旧，看来布朗诗住进这座房子时，浴室就是这副样子，她也无心去改造。

儒斯坦返回书房，在一扇窗户前停下了脚步，透过窗后的围墙口，久久地眺望着户外那翻腾起伏的绿波。他脑子空空，什么都不想，在奇妙的空虚中打开了乳白色的玻璃灯，很快笼罩在它那一圈神奇的光亮中。

他的双目搜寻着办公桌上那堆纷乱的纸张……噢，对

了!这不又是一封出自那位名叫皮埃尔·拉布尔加德的记者的信,他正在遥远的海上颠簸……儒斯坦伸手抓起了这封信:

……听我说,布朗诗,你当初并没有决心献身于你的职业。你不知道跟我重复说过多少次,说你选择了飞行员职业并非出于天赋,而是纯属偶然,是一气之下选择的,是出于反抗……

房子的女主人布朗诗·奥特维尔竟然是位飞行员!儒斯坦为这一新的发现而惊愕,全身为之一震,不由自主地把座椅搬近写字台。

……人们再也不愿把一架飞机交给你,你一直抱怨,说这伤透了你的心,然而,他们的良苦用心只需一句话就可表明:人们再也不愿把我的心交给一架飞机。他们担心的是你,而不是飞机。我对航空一窍不通,只知道当初你还与我倾心交谈时告诉我的那么一点点……他们绝不是存心淘汰你,不像你在信中写的那样,把你当作"废物"。你凭空想象所谓使你伤透了心的那一切,想象得多么真实啊!不对,你并没有两手空空。你完全可以改换职业,就像你变换男人一样,既随便,又严肃,每一次都到达爱的顶点,每一次都像鹰的巢一样让人无法靠近。啊,只有笨蛋才会相信你是爱着他们的!

亲爱的布朗诗,你从不倾听自己的心声,从不读一读你自己写的一切。噢,我知道,你又要不厌其烦地对我说,你和那些已经不习惯用腿走路的人一样,不喜欢走路、奔跑,不喜欢行色匆匆,抢先一步,不喜欢睁开眼睛,张开耳朵……行了,旧话别提了,我并不想让你当你说的那种记者。可为什么就不能当一位小说家呢?为什么就不行呢?我想象着你双目紧闭,坐在红色座椅上,金黄色的头发披散在红色的椅背上……你只需将你思考的一切写在纸上。这不费你什么力,这对你来说再自然不过了。我又来唠叨了。你必须走上正道,必须立刻停止目前这种任风摆布、漂泊不定的危险生活。这已经够受的了。请允许我给你写信,记住我的爱,这对你会有好处的,别伤了这种爱,千万记住,千万千万要记住我的爱,我求求你……

这封信还是缺尾,真惹人恼火。儒斯坦把这两页信和皮埃尔·拉布尔加德写的其他信放在一起。世间真是不幸……这位布朗诗,这个吞噬男人的女人只不过是一位可怜的病女人,而诚实的小伙子皮埃尔·拉布尔加德却一心想象着解救她。没有,儒斯坦没有找到其他出自皮埃尔之手的信……他拿着几包扎成小叠的信转动着,先打开哪一叠?他横过来,竖过去,好不容易从紧扎在一起的一叠信中看出了"宇宙航行学"一个词,决定就打开这叠信。这叠信用一根金色的线扎着,那金线就像是巧克力盒上的饰带。儒斯坦圆滚滚的手指灵巧且耐心地解着打得紧紧的死结……不行,他不能剪断带子,这一包包信应保持原样!终于解开了……

信中的字迹秀丽、笔画工整,可大写的字母大得出奇。蓝色的墨水,鲜艳、清晰的笔迹……

　　亲爱的太太:
　　您为何如此固执?您和我都不可能参加首次航行。别说我了,您的年纪也太大了。说您年纪大,这似乎可笑,可这是与可能还未出生的第一位宇航员相比而言……您比我还更迫不及待,想到您的"月神园"去。所谓的"月神园",我自己就有一个,里面有各种余兴表演,各种娱乐,有射击、骑马设施,总之有伟大的恋人们所享受的一切。我赋予自己这一称号,给自己戴上了这顶桂冠,以无愧于我认为我爱得最深的王后。在这个"月神园"里,我独自一人转悠,几乎成了疯子,比那位巴伐利亚的路易二世国王还更有过之而无不及。您是喜爱路易二世国王的,他只知道独自一人在空荡荡的剧场里倾听瓦格纳的音乐……太太,请您想象一下,那类似旋转木马的游戏设备、射击设施和高低起伏的游艺滑车道,所有这一切在旋转、运行,灯火辉煌,弥漫着乙炔味,而我独自一人待在里面。我真是一个独自在我自己的"月神园"里玩乐的绝望的疯子。

……太太,一切都属于您!

夏尔·德洛特-邦代尔

德洛特-邦代尔,这是个伟大的物理学家……他真是个疯子!儒斯坦把信放在写字台上,又拿起了第二封信:

亲爱的朋友,我无论如何都无法理解您,然而您却是头脑清醒的典范,您怎能把诚实这一品质投入这一伟大的冒险中去呢?您怎能要求男人们做出不仅仅是体质,而且是道德品质方面的双重牺牲呢?不管怎么说,这是愚蠢之举。登月及在月球逗留的证据,以及月球的矿物标本,他们不从月球上取,能到何处去取?他们总不能把这些东西放在自己兜里,从我们居住的星球带上去,一开始就作弊吧?愚蠢,愚蠢啊,亲爱的太太……今天我要跟您说的就这些。

夏尔·德洛特-邦代尔

卡洛斯,还是那个卡洛斯,总是那个卡洛斯,亲爱的朋友,您怎么就没有个完啊!您说他是个非同凡响的科学家……不错,我承认他是天体物理学的新希望,对,这是毋庸置疑的。那么我问问您,他长得英俊与否又有何妨呢?然而,他英俊得出奇,我们协会的全体会员已准备用他的肖像造一枚奖章,仿佛年轻的卡洛斯所潜心研究的星球赋予了他似璀璨群星般美丽的外表,而这种美丽的外表只在诗中有其存在价值,而在由英国行星际公司和德国行星际公司赞助下召开的国际宇宙航行大会上却无足轻重!亲爱的朋友,当你身处操纵台,手执操作杆的时候,我猜想天上诗境般的美景对您来说远不如气象资料重要。我之所以说猜想,是因为鄙人只不过是条可怜的大陆虫,一个普通的科学工作者,一个荒诞的宇航员,甚至都不能避免以别人的生命而非自己的生命为代价证明自己的忠诚……我年纪太大了。太大了，无法担当这数不胜数的工作。

我发誓，昨天，您眼里只有卡洛斯……行了，我不说了。但是，我多么想知道您为何如此认真地参加此次大会，您不是说过，您对大会毫不了解，您只不过是个普普通通的飞行员，一个有点冒冒失失的飞行员吗？昨天，当亚历山大·阿纳诺夫和杜克洛克进行令人赞叹的辩论时，您却毫无兴趣，只把头扭向左侧，即卡洛斯那一侧。加尔索博士做有关航空医生与工程师职责不可分的报告时，您也是无动于衷，漫不经心……对不起，我的朋友，对不起！明天见。

我吻您的双手。

夏尔·D.-P.

儒斯坦仰坐在椅子上。此时此刻，因翻阅与他无关的私人通信而产生的罪恶感已经荡然无存。他在自己的心底对这些私人情书渐渐充满了敬意。与您最亲密的朋友的妻子睡觉，心底的确深深地爱着她，这是一回事；如果只因为她在身边，您就与她睡觉，从而侮辱了您最亲密的朋友最心爱的人，那就是另一码事了……问题的关键在于尊重与否。可怜的布朗诗,她对生活已经不想再有所求,因为她再也不能飞行,只能倾听宇航员们的讲话,梦想他们那奇妙的现实,梦想有朝一日登上飞往月球的"月神园"。可怜的布朗诗,她唯一的心愿就是要登上月球。布朗诗,她是这些绿色、玫瑰色的玻璃制品的主人,她坐在红绒面的座椅上,红色的靠背上披撒着她那金色,噢,金银色的秀发,在阅读《特莉勒比》和神怪故事……

声名显赫的科学家的信令儒斯坦着迷,可突然睡意袭来,他无法抵挡。再说,天色已经不早,该马上上床睡觉了。昨天夜里,他睡眠那么少,今天又起了个大早,走了那么多路,吃了那么多食物……对,用不着吃晚饭就可上床休息,在床上还可以再读点什么,比如《特莉勒比》,由于总受其他藏书的吸引,又可漫步消遣,他一直没有读完《特莉勒比》这部小说……

一片寂静。现在,儒斯坦常觉得这儿静得无法张口说话,静得令人干脆下决心保持沉默。他慢悠悠地翻动着书页,任凭自己在跌宕起伏的故事发展中摇晃,犹如置身于一列火车中。睡意渐渐将他吞没……然而当他熄灯后,还仍然睁着双眼,在黑暗中久久地待了一阵。突然深入别人的私生活中去,这是多么奇特的事啊!夏尔·德洛特-邦代尔举世闻名,可他亲笔写的情书却表明他妒忌一位年轻小伙子！德洛特-邦代尔有多大年纪？总不至于太大,他长着漂亮的脸庞,尽管有些憔悴……某种东西在阻挡着儒斯坦入睡……这一东西渗入他的心间,带着乳白色玻璃制品的情趣和衣柜、壁橱及抽屉的芬芳……突然,他周身一阵颤抖,环视了一眼那空荡无人的露营地……那是一个被遗弃的"月神园",一个已经黯然失色、完全凝固的"月神园",一个墓地……接着,他昏昏入睡了。

翌日清晨,他径直走到写字台前,再去细读那些信件……可好似有人开玩笑,把那信札弄得更乱了。儒斯坦昨日离开时坚信德洛特-邦代尔的信肯定还没有全部读完,可今天找来找去,除了已经读过的,再也没有发现有其他的信。他越翻,信件便越乱,乱得无法理清。真惹人生气！儒斯坦把信全收拾到一起,就像打扑克牌时,打了一个通关后,把牌全收到一起。接着,他把信再一次扔进还一直放在写字台上的纸篓里。不管怎么说,天气晴朗,哪能闭门不出。

天气实在太美了。太阳天天很早就把儒斯坦从床上拖起,催促他出外探索。儒斯坦徒步或驾车游玩,每日数十公里,皮肤越来越富有光泽,呈玫瑰红色；双眼愈来愈蓝,愈来愈亮。傍晚,他周身疲乏,刚一回家便上床休息,睡得那么熟,任何东西都无法在这酣睡的深井中将他吵醒。

直到一天下午,天下起了雨,儒斯坦才又兴致勃勃地坐到了乌黑闪亮的写字台前。装满写给布朗诗的信的废纸篓一直丢在写字台上,儒斯坦抓起纸篓摇晃了一阵,接着就像摸彩一样盲目一拿,没想到一下子就抓出了一封德洛特-邦代尔的信!信还挺新,好似刚刚抵达不久。大写字母与普通的词相比十分突出,犹如城墙上巍峨耸立的城塔。

亲爱的朋友:

又是您赢了!过去,这似乎只是一个支离破碎的梦,可现在好像已经初步实现了。我过去常对您说,您的心脏病在这里构不成障碍。

当我写信给莫斯科,支持您为候选人时,我确实没有想到他们会接受。但出于截然不同的原因,为了不拒绝您坚持不懈所致力的东西,我还是写了信。当然,您迟迟没有收到任何回音,对此,我毫不诧异。但昨天在俱乐部,当那位苏联大校,他的名字一时记不起了,当他穿过大厅去向您致意、吻您的手时,我一时没有反应过来到底是为了什么……我承认,我确实没有料想到他们的答复是如此干脆,直到翻译过来后方大梦初醒!就这样,您申请乘坐火箭,进行行星际旅行的要求被接受了!我多么喜欢那位苏联大校望着您、打量您时的神态,多么喜欢他讲话的口气:"我们同意,我相信您的勇气和意志。"

行星际旅行并非明天就可实现,您也不可能是首次旅行的成员,但这无关紧要,即使您永远登不上月球或其他星球,这一答复已经构成现实的基础。它使人们得以在最合情合理的梦想中生活,它是一种许诺,一种将来想要履行的许诺。实现与否,这只是个时间问题,不涉及其他一切。因为我们坚信这一诺言一定会实现。

接着,我看见您和卡洛斯一块儿走了,可我在昨天晚上是多么希望分享您的欢乐啊。

我清楚,我向您提不出什么建议,也没有任何东西献给您。我已成婚,身边有我钟爱的儿女。我还能奢望什么呢?我只是想我们应该带着古老的人类感情一起登上月球,我想我们决不能将这种情感遗忘在月球。古老的人类情感就是我们存在的组成部分,犹如我们的脑袋、四肢与我们的躯体密不可分,我们要把我们在地球上的喜怒哀乐带到月球上去。我们的激情将始终如一吗？我们曾充满激情,热切地希望了解紧闭、禁开的大门后的一切……热切地希望打开这一大门,毫不畏惧地迈步前进,一旦无须向前时便毅然决然地返身……前进的路上有多少谜需要解开,有多少迷宫需要探明,又有多少问题需要解决！行动要格外小心谨慎,目光却要射向整个宇宙,充满强烈的好奇心和探索的巨大激情,这既是一种恶癖,也是一种美德。每当找到了一把解决问题的钥匙,那是多么幸福啊！从因好奇心强烈令人心里发痒,到迫切需要探索,以及由人的同一本性而产生的各种欲望,致使人类不断繁衍生殖,孩子降生于世,科学不断有新的发现。所有不具备这种激情的人们都是无能者,厌倦乃是他们的命运所在。我们这些正常人,当我们在扪心自问"这到底会有什么变化"时,我们那颗献身科学的心总是为之一震,产生某种美的感觉……一个人的力量越来越取决于他是否具有自制能力,取决于他是否履行强加于自己的义务,取决于他的性格是否坚强。可爱情,爱情的位置何在？自从人类进入了再也不为一位女人而自相残杀的时代以来……当我们登月球如同去夏维尔森林一样轻而易举的那一天到来时,在爱情这一伟大的事业中到底会发生什么变化？

比如我们那些古老的爱情的话语会因此而丧失其咒语般强大的力量吗？那些古老的爱的话语将有所变更，就像一幅未能拍摄成功的照片……啊，艺术具有无形的力量，我不可避免地由此而联想到一位活生生的人身上可以产生难以觉察的巨大力量。爱情使一个人屈服于另一个人……这就是爱情的力量，迄今为止，这种力量仍然像魔力一般，心理学家悉心跟随它的踪迹，但从未企图捕抓住它。他们还只不过是些占星家、巫师、术士和占卜者而已。

关于那古老的表达爱情的言语……我认为艺术是历史最忠诚的，也许是唯一的卫士。即使人类的交流工具将由语言转变成某种波的释放、羽翼的振动或信号的闪现，它们与歪曲、掩盖思想和情感的语言相比，能更直接、更真实地表达我们的情感与思想，但我还是认为言语这一装饰是表达胜于真实本身的真实所必需的饰物。说到底，这就是当今围绕自然主义进行的一场十分必要的大争论的内容，自然主义需要通过"辩论"才得以被承认，成为艺术……人类的语言也许会与语言以外的其他手段结合，以表达我们的情感与思想，但这些手段终将只是一个乐队所添置的乐器，以扩大音阶，我们的耳朵——或新合成的器官——可使我们识别它,就像借助放大镜,我们能够仔细察看四分之一,乃至十六分之一根头发……布朗诗,我为爱情话语的存在而辩护,它们具有"永存"的力量,尽管人类对于这一个词的理解是不深刻的。我希望您带着它们去月球,就像带上异国植物,可美化您在那人性化的新的星球上的生活。我多么想成为在月球上第一位与您倾吐衷肠的人……可我忘记了我无论如何不可能去月球旅行。我听到了您像在戏弄我时经常表现的那样哼着小曲:

他等候着他的马车,

他盼望着他的马儿……

太太的火箭即将制造成功!也许您将和卡洛斯同乘火箭?

可是,人类有可能发生变化。我的朋友,您是那么不相信会有灾难,也许您觉得这种变化并不是必然的吧?再说,这里谈不上什么灾难或洪福,而是一种性质完全不同的必然性。它关系到人的各种器官的锻炼,关系到能否提高我们的大脑的活动能力,能否提高其主要功能,比如记忆、综合、分析、想象,等等。然而,要想成功地从事科学活动,首先必须有丰富的想象力,美丽的装束并不能赋予人以想象能力。所有伟大的科学家都是些幻想家、诗人。为了嗅出未来,预感未来,并抓住未来,必须具备幻想家、想象家和诗人们所具备的能力。只有这种能力才能赋予科学家以灵感,得以提出科学假设,使科学家成为预言家。

太太,您对人类不可避免将发生的一切不会感到惊愕。您将如过去驾机试飞时那样,充满激情,带着强烈的好奇心和对人类的天才的信任飞往月球。您不久前曾对我说过:"既然这一切都已成为过去,那就让它过去吧!天使的羽翼,就是回忆……我们会慢慢增添羽翼的。"也许会。您面对这一切,始终沉着冷静。您忘记了我们所从事的事业,并非在消过毒的实验室做实验,火箭一旦送上了天,就不再是圣诞树上那令孩子们眼睛闪闪发亮的迷人的东西。工作中,我一旦想到这些,就心绪不宁。可探索的激情驱使着我们大家前进,对吧,至于其他,至于恐惧,统统不在话下。

亲爱的朋友,请相信我对您的无比忠诚。

夏尔·D.-P.

这并不是一位疯子的信，绝对不是。今天，人们完全可以议论去月球旅行而不被视为疯子。这位科学家说得完全有理，只不过比普通人先行一步罢了。非凡的故事……儒斯坦心情异常激动，在书房里大步地踱起步来。非凡的故事……掩盖着未知世界的帷幔就要突然揭开，他痛苦地感到自己的生活和工作与这些巨大的问题相比是多么微不足道。导演电影，忙忙碌碌，散步休息，他这样生活算得了什么？他太渺小了……仿佛就不存在。儒斯坦看着自己那只执着信的手，好似在打量着一个异物……布朗诗之所以把房子抛弃了，这是因为她有许多重要的事要去完成。

儒斯坦把信放在写字台上，开始查看起书架上的其他藏书，以便能想点其他问题，分分神，使自己冷静下来。映入他眼帘的还是那部既不探讨天文，但也没有淫秽情节的《特莉勒比》……雨要是小一些，他也许可以出门去转一圈？可要到傍晚，天才能转晴，他只得待在屋里，忧心忡忡，对一切、对自己都发生了怀疑，感到困惑不解。

儒斯坦终于按捺不住自己，穿上了雨鞋，肩上披着罗登厚呢斗篷，出了门。铅色的空中，太阳显得格外圆，分外红，慢慢沉到了大农庄的背后，犹如一块金币落到了大衣橱后。眼前到处是水，平坦的水面如明镜一般折断了阳光,闪烁着五颜六色的圆点。前方的村落炊烟袅袅,不然人们准会以为村里阒无声息,已经死去。现在正是吃晚饭的时辰。儒斯坦大步流星,在柏油路上疾行……越过村庄,走过花园深处那家坐落在高地上的城堡,他拐弯踏上了一条尚不过分潮湿的小道。他像马一样,喜欢脚踏松软的路面。耳边突然传来一阵吱呀吱呀声,接着一声吆喝,随之在拐弯路口出现了一辆马车,一匹夏罗尔马慢吞吞地拉着车,马浑身圆滚滚的,嘴巴冒着腾腾热气。车上装着小山包似的麦秸,两边分别走着一位年迈和一位年轻的妇女……她俩都身着粗毛线衫和伪装色的大罩衫。

"你们好,太太……"儒斯坦问候道。

"您好……"

两位妇女目不斜视,连脑袋都没有扭动一下。木鞋击打着松软的地面,发出沉闷的声音,接着声音渐弱,随着吱呀吱呀的车轮声渐渐消失了……儒斯坦又陷入了寂静之中。

他心情平静,首先想到了特莉勒比,继又想到了布朗诗。他极力想象着这位布朗诗……那位金银般华贵的妇女,那位爱好运动的妇女。她身着飞行服,头戴金银色防护头盔,好似戴着修女帽,只露出一张玫瑰色的脸庞和两道清秀的眉毛……他心想,倘若一位妇女换下这身装束,穿上赴晚会时着的华丽裙服,袒露胸肩,脚踏细高跟皮鞋,戴着首饰,一头金银色的秀发,自己要是带上她出门访友,参加盛大晚会,或去马克西姆餐馆,那该多高兴……可她形同一位男子汉,时刻冒着生命危险……真是一位巾帼英雄,却带着一颗染病的心脏。他极力想象着她的这副模样,可却始终只见到她坐在红色的皮椅上执拗地侧坐着,除了她脸颊的温柔的曲线外,什么也看不清楚……她不想扭过头,不愿看他一眼。必须了解有关天体物理学家、英俊的卡洛斯的情况。他也许就像林中的罗宾汉,生性快乐,灵巧,但并不严肃……儒斯坦在想象中为他戴上一顶星相学家的尖顶帽,但很快把它取下,换了一身空中航行员的密闭服装,那张年轻的脸庞出现在防护盔的玻璃后,犹如困在小水缸里,卡洛斯由此变得比乌龟还更笨拙,行动更缓慢,但充满危险……当今日的现代化建筑变成历史纪念馆,人们哪一天来参观在里面展出的飞行员服装和带着吸氧管的防护盔时,定会惊诧地自问,这玩意怎能穿戴!儒斯坦只见卡洛斯正掏出布朗诗那染上重病的心脏。布朗诗①……这名字虽意为"洁白",但已褪色,很不吉利,令人想起护士的服装颜色,想起弥漫的白色蒸汽,想起床单

---

① 法文为 Blanche,意为"白色的""洁白的"。——译注

的单调白色……想起笼罩着山峰的迷雾,想起童话故事中的气氛。这是一个无瑕的名字,但已古老,如同《特莉勒比》一书中人物的名字,好似布朗诗浴室里那蓝蝴蝶花状的灯罩一样古色古香。到底是这个名字服从取此名的人的命运,还是命运尽量适应这个名字?她姓什么?叫林德柏格?……怎么都回忆不起来。管它呢。伊卡洛斯。① 伊卡洛斯是位男子汉……布朗诗竟然冒险步伊卡洛斯后尘,岂不带着几分疯狂?当今世界的伊卡洛斯成了女郎,令人肃然起敬。儒斯坦想起了战时一位为他开车的矮个子司机常就女子评论说:"我呀,我就喜欢神秘的女郎……"布朗诗就是一位神秘的女子,她的一切任我们自由想象……他集中精力,想在脑中形成一位具有男子汉气概的高大的女子形象,可总是遇到一种无形的抵抗力,把他引向另一个形象:红色的座椅上披撒着一头金色的秀发,眼前唯有那脸颊的曲线,唯有那似有非有的侧影……

儒斯坦懒洋洋地一边在暮霭中大步溜达,一边任自己的想象力自由驰骋。暮色快速地将他笼罩起来。一滴夜露落到了他的额头,潮湿的露珠抚平了他那圈似光晕的头

---

① 希腊神话人物,代达罗斯的儿子。他和父亲一起被关在克里特的迷宫里,父子二人身上装着用羽毛和蜡制的双翼逃出克里特。他由于忘记父亲的嘱咐飞近太阳,蜡翼遇热融化,坠海身亡。——译注

发,滑挂在他的躯体上。他几乎盲目地推开了住房围墙间的小门。夜幕已经降临,撒开了这层清洁、白茫茫的浓雾,包围着他的住房,就像裹着一件易碎的物品。

儒斯坦把湿漉漉的斗篷脱在小客厅,来到厨房。餐桌早已摆好,上面放着瓦芳太太从自己家里带来的一碗汤。他喝了汤,吃了一个当天产的新鲜鸡蛋,饮了一杯红葡萄酒……他再也不想那行星际旅行,备感心情舒坦,先后又喝了两杯酒,以暖暖身子:厨房里不太暖和,炉灶从来没有烧过,那只丁烷炉足够他烤块牛排或烧点开水冲杯咖啡的……该让瓦芳太太经常点燃炉灶,驱一驱室内那也许储存在四壁间的湿气。

这天夜晚,书房里有点儿凉飕飕的,儒斯坦接通了大取暖电炉。电炉很快发热,屋子里暖洋洋的,弥漫着一股烧焦的尘埃味。看来,布朗诗经历过这儿夜晚的阴凉,她安装的取暖设备使儒斯坦得到了享受。热波传向房间的各个角落,书房里变得温暖、舒适。儒斯坦坐在红绒面座椅上看着书……他得早点休息,明天若天气晴朗,就去"死马"客栈——怎么?他也和众人一样称呼起"死马"来了!那天上山去露营地,他在那家客栈大饱了口福。得早点上床睡觉,说不定会梦见布朗诗回家,面对面地看着他呢!

她没有回来。儒斯坦醒来了,在梦中什么也没有看见。他做了一个梦,梦见自己参加考试,这是常常困扰他的一个可恨的梦。他再次经历了少年时代那种痛苦的忧虑:每次临考试时,他总觉得自己准会把知道的一点东西忘得一干二净,何况有许多知识他根本没有学会。他向来偷懒,浅尝辄止,且不专心,除中学的课程外,对其他东西没有不感兴趣的。在这种可恶的梦境中,布朗诗当然不会出现。可当他醒来时,浑身上下不舒服,感到忧虑不安,像是服的催眠药药效尚未消失。然而这种不安的感觉却与梦见考试毫无关系,而是归咎于布朗诗,因为她始终不愿意扭过头来。

在厨房,他吃着早饭,冻得浑身直打哆嗦……这天早上,太阳羞羞答答,加之夜里下了整整一夜的雨,天气有些阴冷。院子里,湿漉漉的草地上长着小朵的郁金香、蝴蝶花、勿忘我……丁香花序挂着沉甸甸的水珠,垂着脑袋……突然,儒斯坦想拾掇拾掇这院子——院子实在太乱了!车库后的小工具室里肯定藏着工具……

工具房里自然存放着工具,布朗诗可不是那种根本不管院子的女人。工具房是泥地面,沿墙摆着各种各样的工具:耙、锯、锹、铲、镰……儒斯坦打开一个破旧的大工具箱的抽屉,寻找整枝剪……所有器具都锈迹斑斑,抽屉底部积了一层赭石色的锈末。儒斯坦从里面找出了一双女式劳动手套,手套硬得像干泥巴,手指弯曲,仿佛套着一双被痉挛扭曲的手。这堆破烂里就是找不到整枝剪,儒斯坦决定整理整理这乱七八糟的工具,擦擦干净,眼看着这工具好端端地被铁锈侵蚀,够人心酸的……可眼下就是找不到整枝剪,而他却急于想剪几束丁香花,插进玫瑰色、绿色的玻璃瓶,摆到卧室里。还有那些玫瑰用什么修剪啊?现已刻不容缓,应该修剪了。儒斯坦修剪玫瑰极为内行,他从小生活在高墙深院的大宅落里,父母从不在家。父亲是位音乐指挥,总在外演出,母亲年纪轻轻就不幸谢世,那时他才十二岁……再说,她生前常常随丈夫一起外出巡回演出。就这样,儒斯坦在那府邸里与家仆、奶妈和园丁一起生活。奶妈对他管束并不严厉,对这位小耶稣十分疼爱,而小儒斯坦却整天跟着园丁转,对他来说,园丁是世上最好最好的人。

儒斯坦回到厨房,洗净双手,大口大口地喝了一杯咖啡,接着拉开抽屉,想找一个漏斗滤奶;牛奶冷却了,儒斯坦讨厌上面结的那层薄皮。抽屉里,他意外地发现了一把女式整枝剪,剪子小巧玲珑,崭新崭新的,镀着镍,闪闪发亮。这几乎吓他一跳!他刚才打开抽屉找餐刀和匙子时,里面明明没有这把整枝剪。他不禁转过身,高喊了一声"瓦芳太太",可没有回音。冷静之后,他觉得自己这样大声乱喊,活像个老疯子。

剪刀剪得干净利落。丁香花朝儒斯坦洒下清凉、芬芳的露水,摆进屋子之前,儒斯坦不得不像甩做色沙的菜一样,轻轻地甩干丁香花上的水珠。屋里的玻璃瓶大小合适,是专门用来装丁香花的,瓶口大大的,以便使花束能够自由散开,而花茎则紧束着装在瓶身里。玫瑰色、绿色相间的花瓶里插着淡紫色和紫罗兰色的花朵,具有上一个世纪的古色古香之美……布朗诗肯定是特意买了这些玻璃花瓶装她院子里采摘的丁香和玫瑰花,眼下,玫瑰就要盛开……这花瓶里插上玫瑰,那该多美呀……

儒斯坦出门去修剪玫瑰。院子里长着整整一花坛玫瑰,枝叶茂盛,含苞欲放。儒斯坦一边修剪,一边盘算着该整草坪,锄花坛……现虽为时已晚,但拾掇一下,总比这荒乱一片要强,草坪的草长得很高,栽培的郁金香和其他花卉全被吞没了,看去好似一片野花盛开的荒草地……车库里有一架轧草机,倘若还能用,那好极了……等阳光晒干潮湿的土地、郁金香花凋谢后,再好好整一整草坪。当然要看到时是不是还住在这儿。还能有暇在这儿住多长时间?噢,他愿意住多长时间尽管住。问题是他还想在这儿住多久?儒斯坦凭过去的经验知道自己一旦彻底忘却了刚刚执导完的那部影片,另一部影片就会开始偷偷地潜入他的心底,尽管他不会急于拍摄,甚至根本就不屑一顾……但投入拍摄前,他总热心地构思、梦想,坚信这是他一生中最重要的一部影片……就这样,他随着一部部影片问世而生活,其间常常感到劳累,缄言无语,内心长时间地感到绝望。

这一次,执导两部影片之间的喘息时间过得还不错。他并不过分留恋已拍成的那部影片,终于把它从自己的生活中排斥了出去,得以安心休养。他甚至觉得过得很充实,很惬意。布朗诗的住房给了他巨大的帮助,助他度过了这段本来令他恐惧的时间。他回想起刚才蹲在玫瑰花前,机械地数着芽眼时,曾打算驾车出去逛一圈……也许按照头天夜里的计划,驾车去"死马"营地……听了膳食总管安托万的介绍,见了男爵的面之后,儒斯坦将对露营地另眼相看,重游一番。

可白天一直灰蒙蒙的,一片寂静,儒斯坦在院子里度过了一上午……当瓦芳太太出现在门前时,他感到很诧异:怎么,都已经中午了?梅朗先生,拾掇院子,就像清理房子、做家务事,永远没有个完……她很快上楼为他整理好床铺,收拾了一下屋子……像平素一样,把买来的食物放进厨房,接着请梅朗先生原谅她先走一步,因为她的外甥女在家,那个小丫头不知道会闯出什么祸来呢……

"是这样,太太,那就赶紧回去吧……就铺一下床,没别的事……"

儒斯坦在院子里整整忙乎了一天,等他决定不再拾掇下去时,已近黄昏。他回到屋子梳洗了一下,便驱车前往"死马"露营地,抵达时,夜幕差不多已经降临。儒斯坦把车子停靠在那间白色的房子旁,下了车。这座白房子像只盒子,其中有一扇门扉上写着"酒吧"两个字。

这地方确实凄惨可悲,特别在这茫茫夜色中,甚至带有几分可怖,俨然一个被溃兵或败兵抛弃的宿营地……就好像考古学家为寻觅已绝迹的文化而挖掘的一片古墓穴……也好似一个出于神秘的原因人们一走而空的营地,或许是为了逃难,抑或是为了躲避瘟疫……水淋淋的帐篷灰不溜秋,脏水还顺着篷沟往下流,这帐篷看去似乎已经不能遮雨,里面肯定渗进了水……儒斯坦掀开帐篷帘,篷内果然与外面一样潮湿,甚至还更潮,仿佛这帐篷是专门用来挡住积在地面的水似的。那一排排厕所门大敞着,叮咣直响,臭气熏天,好一个"黄金国",令儒斯坦恶心难忍。游泳池总算换了个样,好看了点,池中积存了雨水,遮住了池底那道道裂缝,池水干净,清澈……儒斯坦避免到那片栗黄色的帐篷边去,那些帐篷是第二次世界大战后美国处理的剩余军用物资……眼前这场面阴森森的，令人毛骨悚然。"死马公司"一手制造了这个大骗局。只要看看这数不胜数的帐篷，这次诈骗的范围之广便可略见一斑！这帮家伙连一寸土地都不想放过，帐篷一个个紧挨着，只留下狭窄的通道，犹如古老城镇的胡同小巷，简直就是一个名副其实的迷宫……在周围的过道上，满目尽是帐篷，硬邦邦的，灰暗的颜色，就像破旧的土豆袋，脏水顺着篷沟流淌……儒斯坦沿着弯弯曲曲的帐篷胡同，好不容易走出了迷宫，上了路，他想到上次瞥见的那个小亭子边去看个究竟。

一条小道从公路通往小亭子，儒斯坦瞥见远处还有不少类似的建筑，只是形状各异，一个更比一个怪！儒斯坦向前走去，小道很快消失在乱石和荆棘丛中，低矮带刺的灌木直扎裤子，裤腿已经湿到了膝盖处。这些小亭子各具奇特的形状，有的似提台词人的格子间，有的像只扭着身子的蜗牛，有的好比动画片中可笑的小屋子，有的如同流浪者栖身的大篷车……所有小房子全用塑料筑成，像是临时的山区住处，设计这些房子的人准是个神经不正常的家伙。儒斯坦费了九牛二虎之力，好不容易走到第一次瞥见的那间形似一只木鞋的房子前，伸长脖子，透过一扇小窗，看见里面摆着两张铺着垫子的长椅，一张桌子，几把奇形怪状的椅子……他接着穿过了一小片土地——真是步履艰难的越野行动——透过那座提台词人的格子间的小窗洞,看到里面摆设一模一样,还是两张铺着垫子的长椅,一张桌子和几把椅子……原来如此。他按原道返回,急匆匆地向汽车奔去:天又下起雨来,愈来愈猛。儒斯坦拿出赛跑似的干劲,快步飞奔,可回到DS轿车时,已经淋得像只落汤鸡,全身上下水淋淋的。

上车后,他连忙脱下鞋子,打开暖气、通风机和收音机,脚穿袜子踏着油门,为重新置身于现代文明的环境中感到乐滋滋的。他驾车缓缓下坡,坡道很滑,那帮家伙甚至连条公路都修得不像个样,可恶的诈骗犯……汽车的刮水器上下摆动,其节奏与收音机播放的音乐节奏奇怪地完全一致,充当了音乐的节拍器。车轮如同干枯的树叶,发出沙沙的声响。儒斯坦为离开了那令人恶心的营地而庆幸,高兴得像只猫,发出了呼噜声。

等他感觉到袜子和裤腿干得差不多时,他停下了车。路旁的一家小酒店吸引了他。这是一个长途卡车驾驶员进出的场所,里面的汉子都戴着鸭舌帽,一个个粗壮笨重,跟停在店门口的大卡车一个模样,他们那吃饭的样子,就像在各自的岗位上值班,严肃认真,专心致志。儒斯坦要了盘肉糜和一个土豆烤牛排,土豆烤牛排摆得高高的,吃起来脆脆的,即使在中央菜市场,也吃不到比这更棒的。回家的路上,他经过了"死马客栈",噢,对不起,是"国王三骑士"客栈,他下了车,想喝杯咖啡,径直向酒吧间走去。安托万像是老朋友重逢,热情地向他问候,给他端上了餐厅的咖啡。餐厅的咖啡与酒吧的迥然不同,是货真价实的好咖啡,安托万还建议他来点儿阿马尼亚克白酒,再来杯覆盆子酒或店里的其他名酒……

这天晚上,尽管下雨,路上来往的人还是不断,或许正是因为下雨的缘故呢。来客栈的人大多身穿黑皮夹克,脚踏胶鞋……一个守护山林的汉子连狗也带进了屋……还有一位顾客又冷又渴……接着又进来了一位推销员……酒吧的顾客走光后,男爵出现在门口。他朝儒斯坦瞥了一眼,两个指头往贝雷帽一放,表示致意。儒斯坦马上起身,向男爵投出湛蓝的目光,问道:

"您能陪我喝一杯吗,先生?您乐意吗?"

"当然乐意……"男爵声音刺耳地说,"儒斯坦·梅朗先生,这还用问吗?"

儒斯坦生性随和、温厚,开始谈起了狩猎、周围的森林……快到子夜时分,他俩还没有分手。一杯覆盆子酒下肚,男爵就打开了话匣子。现在,他们已经在喝第四杯了。

"我把自己的生命和财产全部都投到了这个营地的建

设上。"男爵说道。他半倚在长椅上,身上总不离那件羊皮里上衣,仿佛里面没有穿别的衣服似的。他交叉着两条大腿,懒洋洋地耷拉着,就像挂着两条布带子,那双瘦小、肮脏,但不失其风雅的手摆弄着酒杯。"这是一项对公众有益的事业,是整个地区的共同财富……我本来还打算在上面修一个露天剧场……巴黎民族剧院可以来演出,整个巴黎都会蜂拥而至!您可设想一下,此地距巴黎仅八十公里,风景如此优美,配上夜间变幻的灯光照明设备……我已经与巴代-马尔科尼商谈,在这儿建一个'声光'表演系统①……为什么只能让那些石块生辉,让那些古墙增光呢!夜间,一配上变幻的照明设备,这里有许多景色足以令人倾倒,我们从夜间汽车的灯光照射中得到了启示……我还差人编制了修建一座活动顶篷影院的预算表……我还想造一座图书馆,不仅仅是藏《祸不单行》侦探小说丛书和谈情说爱的闲书……要购进大量有价值的书籍,老人和儿童都能读到他们各自喜爱的书……您可设想一下,先生,这慢慢不就可以发展成为一个文化中心了吗?我们眼前的那些可怜的青年人全腐烂了……尽是些汽车偷窃犯、骗

---

① 晚间在名胜古迹用变幻的灯光照明,配以有音乐效果的广播,使人如处于当时的历史环境。——译注

子、杀人凶手！我自告奋勇,帮助政府为青年人提供娱乐,这些娱乐活动差不多都可控制,甚至完全可以控制！噢,您觉得我们在上面修的教堂怎么样？……"

"教堂？……"儒斯坦没有发现山上有什么教堂。

"对,先生,是教堂！您好像有点诧异……您看见上面那一个个固定的小住处吗？教堂就坐落在正对面,营地的另一侧。我们打算慢慢用固定住所取代帐篷,这样更富有生气,也更卫生。有不少相互竞争的公司向我们提供了十分漂亮的模型,您看到了吧？现正处于试验阶段……慢慢就会积累经验,使我们得以做出抉择,渐渐地帮助引导公众的情趣……"

"可那教堂呢？……"

"在另一侧,噢,另一侧……是个极为现代化的钢筋水泥建筑……就审美观而言,为什么宗教信仰就非要禁锢在中世纪阶段不可呢？为什么水泥的灰色就不能与石块的灰色媲美呢？人们总有一天会承认这一遭受诋毁的材料是美的……正如我一个当牧师的朋友所说,为什么就不能用迪约尔服装公司的服装式样打扮圣母呢？我们设计在教堂前面的广场上修建一个临时大厅,可容纳一万朝圣者,还设计修建自大厅通往教堂的带顶通道,以备仪式行列在雨天通过……"

"朝圣者？怎么会有朝圣者？莫非上面有什么东西吸引他们？"

男爵站起身子，展开巨大的双臂……他俨然是一只鹰。

"美丽的风景与钢筋水泥教堂形成惊人、奇特的对照与反差，不能不产生奇迹，出现圣迹，先生！我们已经有不少年轻人来朝圣……"

男爵打住话头，儒斯坦·梅朗没有细究。也许圣迹根本就来不及显现，他不想置男爵于尴尬的境地。

"安托万，"他叫道，"再来两杯覆盆子酒……"

"哎，亲爱的先生，多么令我失望，真是大失所望！后来……"

男爵微有醉意，朝儒斯坦倾去身子，又停止了话声。儒斯坦等待着。

"……后来，"他声音含糊不清地继续说道，"也许命中注定，就该开始走下坡路不成，我遇到了一位妇人……要是我在这之前与她相遇，兴许我不会投入这项巨大的事业中去呢……她肯定会劝我别干。可为时已晚，我已经被捆住了脖子，自从与那位女子相遇后，我下定决心，要不惜一切代价，不惜任何代价摆脱困境。可我已经到了难以自拔的地步，不管怎么说，我与她相见恨晚。我对生活抱有许多幻想,先生……我对我的过去,我的将来,对我的银行账户想入非非……正是因为充满幻想,致使您毫无顾虑地大签空头支票。可我对奥特维尔夫人对我的感情不抱任何幻想。她喜欢打趣,眼光敏锐,跟我见面不久,就一针见血地问我:'德·克拉克男爵,德·默钦霍森男爵,您为什么不赶紧停止这场冒险?'当时若及时悬崖勒马,也许并不算晚……可您知道,破产嘛,总是可以摆脱的,再说也不会因这点风雨就会彻底破产……可现在,我的自由是暂时的……我已经没有多少日子可过了。"

儒斯坦不知说什么为好……两人看着酒杯,默默无言。

"那位布朗诗怎么样了?"儒斯坦终于打破沉默问道。他觉得在刚才那悲切的气氛中,保持一下沉默是适合时宜的。

男爵奇怪地望着他:

"怎么,您认识布朗诗·奥特维尔?"

"不,素未谋面……您刚才提到布朗诗……我才重复了您的话。使我发生兴趣的,是您讲的那些往事。"

"我提起布朗诗了?……"

男爵又不作声了,这一次,他陷入了长时间的沉默,连儒斯坦·梅朗都没有指望他再继续说下去。可对方又突

然开了口,声音刺耳,但轻缓,充满哀怨:

"我向来喜欢谈论女人,讲自己的艳史对我来说几乎与艳遇本身一样令我激动。当然,我很审慎,我是个绅士,从不说出她们的姓名,故意搞乱线索,但我确实很喜欢透露自己的艳遇,讲其中那些稀奇古怪的隐私。布朗诗·奥特维尔……令人奇怪的是我与她之间从未有过什么隐私。确实没有。我们俩经常一起打猎……我是在一次围猎中与她相识的……唉!她后来离开了这个地区……那是位很了不起的太太。"男爵几乎毫不停顿,接着添了一句:"我还想喝一杯这种酒……作为抵偿……"

这一杯覆盆子酒是这天晚上的末杯酒。男爵刚喝了一口,便熟睡过去了。儒斯坦·梅朗看着他酣睡。他喝得也不少,但比男爵要少一半。再说,他酒量很大,喝了酒,会使他的器官更加敏锐,更富于洞察力,他非但不会昏昏沉沉,反而会活力倍增。酒后,他往往情绪愉快,思路开阔。男爵睡得很沉,发出轻微的嘘嘘声。苍白消瘦的脸上胡子拉碴……脖子的皮耷拉着,布满皱纹,就像一只空纸袋……细长无力的双手颜色灰白,指甲发黄,活像钩子。儒斯坦站起身,微扭了一下脑袋,对进屋的安托万说:

"下一次呀,我一来就先喝酒……"

安托万像慈父般陪他上了车……尽管彬彬有礼,可他喝了那么多酒……不管怎么说,像梅朗先生这样的顾客不可多得,多多益善。

儒斯坦回到布朗诗的房子时,夜已很深。插在绿色、玫瑰色相间的玻璃花瓶里的丁香花芬芳四溢,热烈地欢迎他归来。他打开了所有的灯具以及大取暖电炉,在书房里来回踱步,左右乱转……他毫无睡意,觉得精力旺盛。儒斯坦从书架上取下书,翻开看看,与其说是想阅读一番,毋宁说是为了闻闻藏书的气息,接着又放回原位……他拿起摆得凌乱的各种小摆设,这些小玩意儿是主人偶然添置、一生中慢慢积累起来的,开始甚觉新奇,继而慢慢习惯了,随手往搁物架、壁炉台上一丢,一搁就是几年……其中有一块宝石,一只无脚银杯,一只贝壳,一只高脚玻璃杯,也许是因为杯子的玻璃蓝得特别深,布朗诗才把它保存了下来……儒斯坦又回到了书架旁,伸手取下几本封面上光的旧版《克洛迪娜》①,然后在书后的架子上掏了掏,仿佛可以找到打开各个书柜的钥匙!不一刻,他的目光又注意上了一个桃花心木文件柜,他完全清楚柜子的所有格子都空空如也,但心里仍想,就是在什么东西都不找的时候,才要装

---

① 法国著名女作家科莱特的作品。——译注

出找东西的样子呢！这种种异常的举动的出现，只是因为他已经迷上了他的这座房屋，他的这个新居。他突然决定要把布朗诗曾住过的这座房子作为自己的主要住宅。在这里生活，他快乐无穷。

他一不做，二不休，想着在这儿定居的房子安排，于是上楼仔细察看了上面的三间接待朋友的屋子。自从住这儿以来，迄今为止，他只在当初来看房子时，到过楼上一次。房间都很简陋，石灰粉刷的白墙，每间屋子里都放置了一张大床，白色凸纹布被子，镶木地板都上过蜡，光闪闪的。一间屋子里摆着一张古色古香的扶手椅，靠背和椅面上铺着绒垫；另一间有一张碎花面长沙发；还有一间放着一张小巧玲珑的写字台和几张制作精细考究的座椅。倘若没有这些摆设，人们准以为这房间是修道院修士们居住的小室。此外，房间里各有盥洗间，门都朝着走廊，走廊通向一间浴室。儒斯坦甚觉满意，这房子里总算还有个客人落脚的地方，如需要，可安顿手下的人员，如秘书、助理导演、摄影师……

他返身下楼，打开了餐具橱、衣柜和壁橱，里面装满餐具、服装、刷子和抹布……布朗诗走时肯定只提了一只小提箱，其他一切全留下了。

儒斯坦又坐在写字台前，心想既然毫无睡意，倒不如索性不睡,这样至少不会失眠,他对夜不成寐、辗转反侧的失眠滋味害怕极了……布朗诗的这张写字台可能是她的哪位叔伯遗留给她的,或是在哪次拍卖中添置的。这一张经纪人用的办公桌并不笨重,宽宽的桌面,大大的抽屉,十分实用……时间已过清晨两点,儒斯坦确实不想入睡……他把手伸进装着布朗诗信札的废纸篓,拿出了一大叠用牛皮筋扎得紧紧的信件。好,就先看看这些信……信件差不多都留着信封,上面写着:布朗诗·奥特维尔太太启……她的住址一直为"花街"。里面有电报,气压快速投递信件……这些信札经过布朗诗精心整理,按发信日期、顺序收藏,不过,摆在上面的一部分全是电报:

您好我爱您雷蒙
神奇的冒险我爱您雷蒙
怎么办我爱您雷蒙

电报发自亚眠。信件全都是一折二,折叠部分已破损,好像在口袋、手提包里放过;信纸的背面很脏,颜色灰暗……字体相当普通,易认,信笺也是廉价品,上面大都带有所住旅馆的笺头……

1950 年 4 月 5 日

亲爱的布朗诗,我抵达了这座您未驻足的城市,身后留下了我们相遇时那令我赞叹的一幕。今天,您手执一件轻盈的物品向我致意。那物品像是一把小阳伞,多么漂亮的小阳伞啊,宛如手中握着一颗星星。您能根据我所写的一切对我做出判断,我谢谢您。您不苟同所有根据生活做出判断的人,您自有道理……人们往往在可能映入我脑中的那一瞬间离开了我,我仿佛觉得从心脏到大脑有一条艰险的道路,很少有人能顺利通过。然而您,您在这条道路上天天都畅通无阻……我孤寂一人。我等待着您。

给我写信吧,与我长谈一番吧,因为您的一封信就是一席话,谛听您的讲话,我怎么都不会感到厌倦。

雷蒙

4 月 30 日

布朗诗,您的上封信造成了我精神上多大的混乱啊。我担心您已经为许下诺言惶恐不安。所谓诺言,我是指从您的话中,我自认为,在我们俩之间可能存在着比打趣,或比一时冲动更为严肃的东西。您吩咐我给您写长信,可我怎么写呀,要么就无的放矢,就像一个瞎子,像一个迷失在陌生人群中的路人,再也认不出一张熟悉的面孔,一张可通过往事和已往的通信忆及的面孔。

我求求您,布朗诗。您完全可以直言不讳地把您的生活情况告诉我,如果有必要,还可以跟我谈谈我们相遇前发生的事。

一想到我也许已经失去您,我是说可能已经失去您赋予我的争取求得您的爱的机会,我便感到绝望。请相信我,布朗诗,请向我透露您的秘密吧。您应该知道我是绝不可能背叛自己的。

我爱您。

雷蒙

又及:您为什么迟迟不给我回信,让我这么长时间得不到任何音信啊?

雷蒙

于星期四

我下午再给您回那封精彩的来信,与您推心置腹地好好谈一谈,快递邮件信使五分钟后就要来,我先简单写几句,希望您醒来时能读上这封短信。

我愈来愈爱您。哪怕是毫无希望,我也为与您相识而感到无比幸福。

请今天就给我来封信吧!我始终无比激动,无比欢快地等着您的来信。

我紧紧地拥抱您,亲爱的。

雷蒙

您的这封来信又是如此令人震惊,让人不知所措。您从未像这次这样跟我说话,给我写信,可您凭什么猜测我想象的并不是真实的您!所有这一切证实了我对世界,对人心和对命运的看法。因一时冲动,说出了那几句不该说的话,难道我有必要为之辩解吗?您难道能因我说了这几句话而对我毫不宽容吗?我是多么羡慕您的言语始终那么高尚,说话始终那么坚决。我仿佛觉得您能永远掌握命运,而不沉入海底。可我,我往往沦为娱乐的工具,或常常被自己那平庸的气质所左右。我时常因内疚而惊恐不安,惶惶不可终日。可在您身上内疚之心已经丧失殆尽。您未曾感到过内疚。对别人来说,内疚是生活中一个痛苦的伙伴,可对于您,它则是强有力的支持者。布朗诗,我钦佩您,我不知该钦佩您爱恋的能力还是钦佩您那承受无边的痛苦的能力。可您应该知道,我会毫不迟疑地迎头赶上,到达您所处的境界。要知道,依靠您这位榜样的力量,我会很快排除我心中与我们意愿相反、有碍于我们之间取得谅解的一切障碍。我向您发誓,在这个充满惰性的庸俗的世界里,任何东西都不再使我动心。唯有您闪烁着光辉,我从未为这一光辉所迷惑,它是显示或预示大喜的光芒。您到时自会明白。

我不想就此多说。我本想写得更富有人情味些,可我知道您会理解这种语言的。我是否刺伤了您的心?我也一样,既不需怜悯,也不需宽容,至多只需要某种形式的谅解。它在我的情感的世界里只占千分之一的位置,正是我的情感促使我承认并赞美我与他人命运构成的连接点。能责备您什么呢?可是,布朗诗,倘若您不容指摘,那我决不会爱上您的。

对,布朗诗,正是因为那使您"染"上的一切,我才爱上了您。我在此取的是"染"字的广义,可您为什么要为您的心脏担忧呢?有什么可担忧的呢?我眼下看到的是那红色的绸缎,尽管已散成丝缕,但仍很牢固……布朗诗,您那颗非凡的心脏会坚持不懈地搏动的。我觉得您就像是一个超自然的事物在地球上留下的神秘踪迹,这是我本来可以,也是应该想象到的。

倘若当初这么想了,那我决不会采取别的办法。

至于爱情,无论是您还是我都无法将我们俩拆散。我们可能会自我折磨,但愈折磨,我们的关系就会愈紧密。也许,我们将注定在不断的辩解或冷酷的交往中生活。但辩解也好,冷酷也罢,它们只能起到促进更高尚的亲密关系发展的作用。这有您我之间的通信往来和我们俩的一般关系为证。这里只是就承认我们的爱情而言。我在与您相遇的第一天就承认了。可您呢,我感觉到您将不可避免地承认我们之间存在爱情。

我无时无刻不在您的身旁。

雷蒙　于尼斯市乘站饭店

不,我不是个混蛋家伙。除了我无所事事外,我对你毫无隐瞒。我可以大声地告诉您:我无所事事,我感到自己无法从事任何工作。对您的思念和您我的通信往来占取了我的全部心思。您曾对我说过您不爱酗酒的男人。我喝得很多。可为了与我每日所见的傻瓜们为伍或跻身于曾是我昔日朋友的无名小卒的圈子,我常常不得不屈服于酒的引诱。我深知,眼下要是您抛弃我,我实在经受不住,正因为如此,我才尽量不让您知道我目前扮演的角色。我的所作所为，也许有人都告诉您了，可您绝不能相信。男人确实手大脚大，可当他们和女人说话时，他们的心眼就像针眼那么小，往往心胸狭窄，毫无才智。我没有什么可对您隐瞒的，因为我爱着您。

我不是个混蛋家伙，但是个战争和失败的牺牲品。我出生后，开始成长很快，可后来在被德占领时期，没有食物可供养我这具高大的骨架。我长得就像您所知道的那种绿色尖芦笋，瘦长瘦长的，面色苍白，双颊发青，年纪才二十五岁，牙齿却已开始掉落。我父母战时在这座城市开了一个烟酒咖啡小店，顾客看见让小孩喝酒很可笑。一些德国二等兵常来小店喝酒。每当他们中有人喝醉了，就交给我，让我提着他的脑袋冲自来水。我父母不是附敌分子，可也不是什么英雄，总得设法谋生吧。当帝国警察来抓那些可怜的人时，我们总是提心吊胆，担心厄运临头。要小心！要谨慎！我们也做点黑市买卖，挣点钱度日。几个姑娘常坐在漆布面长椅上等着当兵的。渐渐地，我看惯了这些就在眼皮底下的妓女，再也不觉得她们在人行道上拉客时显得那么神秘、危险、无耻而又诱人，说到底，她们只不过是一些平民女子，身上散发出浓重的韭葱米粉味。她们很快使我懂得了爱情和生活。她们每个人都很想像坦坦①一样,寻欢作乐一番。

我不是一个混蛋家伙。我了解生活本身就像是手里捏着一把沙子,并不会弄脏了手。二十岁那年,我孑然一身,带着一颗纯洁的心,两手空空来到了巴黎。要是我那短暂的二十年属于1914至1918年那一次大战后的阶段,那我很可能会寻找超现实主义者的圈子,攀登高于烟酒咖啡店的那一阶层。可生不逢时,我流落到了1945年时的圣日尔曼·德普雷区,在那里,除了污泥浊水,我一无所获,我自以为在那儿结交过的那些朋友只不过是些雪人而已,他们在我的眼下溶化,瞬息间也变成了污泥浊水。至于爱情……

我曾有过一位女友。我们彼此倾心相爱。她很富有,可我却一贫如洗,甚至连工作的兴趣都荡然无存。最后,我发现了她那些面额为一千法郎的钞票是从哪儿弄来的。我们仍然继续相爱。我成了餐桌上目空一切的寄生虫,由于她的缘故,人们出钱请我吃喝。可我全无骑士的心胸和风度,无法容忍我亲爱的女友,无法容忍我那孩童般的妻子过的爱情生活。爱情改变不了任何东西,无论是事,还是人。恰恰相

---

① 法国连环画中一位家喻户晓的人物。——译注

反,倘若爱情只停留在肉体上,那它只能加重人的恶癖,万幸的是,如果爱情升华到精神高度,那它就会丰富人的思想和精神内容。我宽恕有关爱情的一切。依我所见,爱情是唯一可以摆脱政治危险的"选拔赛"。宽恕之心发自爱情王国的终点。如果不宽恕我……

我只亲吻您的眼睛。

雷蒙 于亚眠

50年6月20日

您瞧,我们用的比喻都是一样的,既然已经心心相印,我们怎能不会有一致的思想呢。您使我诧异和震惊的,是您能看透伪装,对您来说,没有任何掩饰。眼睛也好,额头也罢,嘴巴也罢,您一碰就着。您这么机灵,谁能抵挡得了?如此冷酷,冷酷中您又糅进了最富于诱惑力的温情,谁又能不给予信任?

您来了。您自愿来了。我们彼此将发现愈来愈贴近,这会是多么幸福啊!请想象一番那渐渐高涨的激情吧……我们既然天地一方都能长久相爱,那我们一定能永久相爱下去,直到我们再也不甘心分离,幸福团圆的那一天就会来临。

我们久久地拥吻吧,我想念您的双手。

　　　　　　　　　　　　雷　于亚眠

50年7月2日

亲爱的布朗诗:

您的两封信使我那颗幸福的心变得沉重了。今天上午,我奇迹般地收到了第二封信。信里写得清清楚楚,毫不含糊:"就在这个星期天,我不等您的回音了……"您给我写信,只是为了告诉我:天气晴朗,您想念我。您收到了我的书,感到高兴,并告诉我您没有受到伤害。亲爱的小姑娘啊!

我拥吻您,权当作我对您的爱吧,我确实打心眼里爱着您。

　　　　　　　　　　　　　　　　　　雷

7月12日

您,您的心脏,您的来信以及您那已经造成我痛苦的抉择,这么多不幸接踵而至,令人头晕目眩。您做出抉择时那么激动,那么率直,我由衷地感谢您。

您真的长有许多雀斑?那真令人烦恼?我愈来愈坚信您向我隐瞒了一些可怕的疾病,比如相思病:

您可能爱着我。倘若如此,我怎能治愈您的疾病?因为我自己也染上了同一心病。

您终会染上此病的!我们这样书来信往,我担心会变成一种游戏。这不是我,也不是您的游戏,而是我们俩共同做的游戏。然而我又是多么爱给您写信啊。天刚刚下雨,在雨中,百鸟转眼成了巨鸟,百花变得硕大无比。这种担心出现荒谬的心情也阻止了我向您诉说,我禁不住会泪如雨下,因为孤寂中的泪花会像您说的手枪枪管那样愚蠢地闪光。可我已经告诉您,天刚刚下雨,这水晶般的雨水使宇宙在无限地扩大,瞬间万变,碰一下,仙境便展现在您的眼前,再碰一下,又出现了荒唐的景象,就这样,直到感情得到升华。

我亲爱的布朗诗,我期望从您身上获得激情,唯有您才能赋予我这种激情。我将向您细细解释这一切,并说明为何对生活重新产生了已经失去的兴趣。

今天,让我带着重新获得的全部情意拥吻您吧。

雷蒙 于亚眠

7月13日

布朗诗:

音乐,驯马,娱乐处处有,可我脑中始终摆脱不了对您的思念。再过几天,也许您就能允许我紧紧地拥抱您了。

我爱您都爱得绝望了。

雷蒙

7月20日

布朗诗:

来信收悉。真的,我们就要相会了。您应该经过亚眠,为什么不经过呢?

我为何会不幸呢?您信中说得那么诱人,可又为何如此犹豫不决呢?您怎么没有收到我的去信?您离开的那一天我就给您写了信。您何时再来呀?您必须来。

我想,您的信是一系列事件的扼要总结。可您为什么一直没有跟我提起您的丈夫?为什么?他在您心中占有何种位置?无关紧要还是重于一切?

我全力地紧紧拥抱您!

雷蒙 于亚眠

儒斯坦在笑,独自一人暗暗发笑。得知布朗诗有个丈夫,这对雷蒙来说该是多么意外的重大打击啊!必须承认儒斯坦也直到现在才知道她有个丈夫,可他情况不一样,因为他不是布朗诗的情人!既然他俩已经同过床,应该立即告诉雷蒙才对呀……他知道布朗诗是位飞行员吗?反正在所有这些情书中只字未提。

儒斯坦起身打开了一扇窗扉……雨已停了,夜色浓浓的,阒无声息,宛如岩羚羊皮一般温柔。雷蒙是不是一个混蛋家伙?他无疑与平凡的先生们不合拍。儒斯坦倾向于他,完全会做出同布朗诗一样的抉择。除非夏尔·D.-P……真怪,这个德洛特-邦代尔,这个夏尔竟会是布朗诗的"月神园"的"主管"!不,他已结婚,这非同小可。稍有不慎,布朗诗就会遭到麻烦或产生痛苦。她也结过婚,但这好像不会引起不良后果。儒斯坦反对那个记者皮埃尔·拉布尔加德……也讨厌那位姓名以 B 为起首字母的家伙,那个为法兰西赢得了金钱的国务活动家……那是一个人物,一位名副其实的先生。个子矮矮的。是个拿破仑。宽圆的双肩。微微发福。他可能身上散发着俄国的皮革味。他有一个金烟盒。考虑再三,儒斯坦还是准备祝贺布朗诗选择了那个混蛋家伙,那个无所事事的家伙。要是白酒不过早地烧坏他的脑子,他说不定会时来运转,成为一个堂堂的男子汉,一位闻名遐迩、出类拔萃的人物。毫无疑问,雷蒙不乏天赋……雷蒙,他怎么样了?信上的日期是一九五〇年,他当时二十五岁……现在是一九五八年,他已三十三岁,命运已经决定……夏尔的信写于一九五七年……布朗诗现在可能有多大年龄?三十来岁,或三十出头?估计她年龄的依据是什么?毫无依据……随便估估而已……要是她三十出头,那儒斯坦会高兴的。当飞行员的极限年龄是多大?要是心脏无病……布朗诗周围的男人都束手无策,她遇到的不该是这样的男子汉。她身边有卡洛斯,十分英俊的天体物理学家。听妒忌心十足的夏尔的口气,卡洛斯简直是个美男子……美貌,这可非常重要。

儒斯坦返身走回写字台。他渴望了解雷蒙和布朗诗这段艳史的结果。不管怎么说,他始终没有一丝睡意。

1950 年 9 月 13 日

布朗诗:

我给您写信,此时此刻,心里是多么忧伤而又不安,仿佛灾难就要临头。今天,我感情为何如此淡漠?没有任何东西能使我开心,也没有任何东西对我表示欢迎。脑中唯有一种感觉,那就是感到被彻底抛弃,同时也感到您孤寂、犹豫、迷茫。我这一辈子命中注定只能接受口头的承诺,为此深感厌倦。面对使我满足、给我痛苦又将我抛弃的这一系列事情的连续发生,我感到无能为力,束手无策。布朗诗,您为何对您身上能使我激奋难平的一切如此麻木?在这里,我感觉到是多么地爱您,孤寂引起了无比的绝望。我难以想象您还活着,难以想象您还自然地活着,您的一举一动无不是您楚楚忧伤的反映。

今天,我想尽力分析一下造成我们俩彼此亲近而又疏远的原因。我们彼此相互吸引,但是……事情的发展表明我们仿佛都在试图摧毁对方。您的生活是那么美妙,您的心地是那么善良,您的智慧又是那么非凡,所有这一切,我感到惧怕,又为之而激奋。我从未这么强烈地感觉到人还会如此需要他人。我无比地需要您。布朗诗,请您别责备我。我以为我们俩的"命运已经联结在一起"。您已经面临一切都在尽力满足我内心希望的时刻。请接受这一严酷而又不可避免的命运吧。我将尽自己的一切努力使您幸福。请想一想我们处于最热恋阶段时您曾对我说过的那句话吧:"我向您发誓我们将永不分离。"眼下的这些障碍之所以要认真对待,那是因为它们出现在我们生活的道路中间。请设想一下,男人们倘若没有爱情与精神这两根支柱,他们在生活的风风雨雨中还能占什么位置！唯有爱情与精神是不朽的。

您充满青春活力，其强烈程度令我心头悸动，因为您的欲望十分强烈，就像是发自一位少女的心。然而，我在这一方面十分幼稚，在另一方面则又过分成熟，您要明白，我时刻准备在我力所能及的范围内，在我所处的与上流社会格格不入的阶层中您才能重新获得我。

您有非凡的经历，心脏有病，可您却执迷不悟，一心想陷入深潭。如果您能答应把我引向您所处的境地，使我心绪安宁，那我定能接受您的一切。

我爱您。

雷蒙　于尼斯

又及：所有这些来信都使我惊恐。我完全可以整天整日不停地给您写信。可有什么用呢？现在，我是多么痛苦、迷茫，甚至无法做出抉择。我求求您，尽力帮助我重新走上真正的道路吧。

50 年 9 月 15 日

布朗诗：

我无比强烈地感觉到爱情是不可弥补的，因此我不能不清醒地看到，纵然您我做出种种努力，现在都已无法挽回我们失去的东西。倘若要追究因由,只责怪一方,那太不应该了,更何况哪怕产生这样的念头,都是可鄙的。鉴于这种状况,互相诋毁纯属浪费时间,最简单的办法莫过于张开双臂,相互拥抱。可这一次我必须承认,由于我的过错,机会丧失了。我过去曾想拥抱你,可命运不佳,您处在比巴黎更遥远的地方。亲爱的布朗诗,这只是个视觉上的错误。我毫无痛苦地说出这一点,毫不悲伤地正视这一点,因为我终于明白了这一点。其实,我早已明白,我恨自己当初装着一点都不明白:您想挽留我,继而想把我引向巴黎。可是,布朗诗,尽管有那么多绝对迷人的东西,且我始终受爱情的煎熬,但我无论如何不能到您身边去,这并非对您的一种怯懦行为,而是出于物质生活的考虑(我难以说得更清楚些)。您的来信,我曾不无恐惧地感觉到,您的来信使我失去了这唯一的求生机会,我几乎丧失了一切,陷入了与两个幽灵游戏的绝境,您的冷酷之心在慢慢地置您自己于死地,同时也慢慢地把我推上绝路。总而言之,出路只有一条,我必须待在您身边,可是我毫无物质条件,无奈只得去每天能解决温饱的地方生活。您还能想象出别的原因吧?可是,布朗诗,如果说在我先后的所有去信中一直坚持向您承认,继而不厌其烦地向您表白我爱您的话,那么您就不应该对此表示怀疑,况且您一直给我回信。莫非是出于怜悯?我不相信您会产生恻隐之心,我想在爱情方面您有足够的经验,肯定知道爱情是不可能从怜悯这盘菲薄的菜肴中得到营养的。可是,您当时一味促进分离。我想方设法,试图掏出您的心里话。您闪烁其词,说得似是而非。莫非是我搅乱了您的心,抑或是我永远未曾在您的脑海中迷失方向……那句心里话,出于一种滑稽的廉耻感,我称之为"那三个字",您不能启齿吐露。我知道为什么未能迫使您那样做。倘若我当初离您更近,我会更幸福吗?布朗诗,您可曾记得,在那独一无二的夜晚,我乘您内心混乱之际,骗取了您的心:当我问您是否爱我时,您回答说您爱我。要是当时您都不是真诚的话,那世间就确实不存在爱情,人们可以对一切都表示怀疑。

带着另一副目光到巴黎与您重逢,这样我们彼此都将不再是双方眼里的幽灵,可是我无论如何也下不了这个决心。令人可怖的空间和时间具有比我们更强大的力量,它们要迫使我们成为普普通通的一男一女,在花市或在别处相遇时,或饱含离愁别绪,或冷漠无情地相互道一声:"您好。"

可是我,我爱您,布朗诗。

        雷蒙 于尼斯

  这是用牛皮筋扎着的那叠信中的最后一封。该缺许多……他俩后来重逢了吗?可怜的混蛋家伙……"我无奈只得去每天能解决温饱的地方生活……"一边玩弄自己的爱情。布朗诗肯定不愁温饱,却意识不到自己的幸运,仿佛每天能有饭吃是自然的事情,她要求有爱的表示……而雷蒙呢,他很可能打人成性,习惯于让别人服从他,这一次无论如何都不妥协,不答应到她身边去。布朗诗与他一刀两断也许是有道理……为了她,他也该尽量努力,找点工作,哪怕屈尊受辱,为人开车门,哪怕受苦受难,栖身于桥下……她要求有爱的表示,这并不过分……真为他俩遗憾。

  儒斯坦在散乱的信堆中寻找,可没有发觉雷蒙那天蓝色的字迹,那字写得是那么流畅,又那么工整,那一个个字母宛如串起的珍珠……用牛皮筋扎起来的信没有遗失一封,所缺的信可能是布朗诗无意中遗失或有意扔掉的。也许他俩后来在一起生活了,无须再书来信往?不,在这最后的一封信中,已经听到了关系破裂的丧钟。这段爱情史

结束了,就像是电话中的一次交谈,小姐问道:

"完了?"

"完了。"对方答道。

"不!不!"小姐大声喊叫。

"停!""终"这一个字出现在银幕上,两个身影在两个相反的方向渐渐消失,这是再普通不过的结尾了。

夜愈来愈深。儒斯坦回到了布朗诗的房间,上了她的床榻。他躺在床上,久久地环顾这间盒子似的卧室:珍贵的木料建筑,门朝平台敞开,墙上开着两扇小小的窗扉,他忘了拉上那短短的帘子。雨早已停了,当儒斯坦熄了灯,月亮便透过百叶窗,溜进房间,一个个呈平行四边形的光影铺洒在地毯上。他仿佛奇怪地感触到了手下那绣在床单上的姓名起首字母,这 BH 两个字母赋予了布朗诗以生命,使她变成了有血有肉活生生的人。可惜儒斯坦一失足,掉进了睡眠的深渊。

太阳遮住了月亮,金光抹去了银色。儒斯坦从爱的怀抱中醒来,觉得唇上留有吻的甜蜜,周身出现快感的反射……在这光天化日之下,他难为情地把被子拉到下颌处,把自己遮盖得严严实实。现在他竟开始做开了色情之梦!独自一人在这房子里,整天读着情书,做爱情梦不足为怪……他拉开写字台,取出一瓶香水,揭开盖子,顿时芳香四溢,整个卧室香气扑鼻,令人头脑发昏……

他想起今天是礼拜天,瓦芳太太不会来。天气晴朗,公路上、餐馆里,肯定到处是出门游玩的人。今天干点什么?是不是再拾掇拾掇园子?

园子已不潮湿,儒斯坦费力地给沿墙的花坛翻土,土疙瘩很重,他干得糟透了。于是,他返回屋子更衣、洗漱……站在厨房里,很快地吃了一点东西。接着,他来到书房坐下,翻阅旧杂志。下午,儒斯坦安闲地阅读莫泊桑的短篇小说,可到了傍晚时分,他明显感到不适……他到底哪儿不舒服?没有任何毛病!一切都是好端端的。只是……只是他感到厌倦!他休养得很惬意,假期很快就要结束,原来就是对休养和度假感到了厌烦。儒斯坦把莫泊桑的小说推回原处,让它置身于兄弟作品的行列中,又拿起《特莉勒比》。既然《特莉勒比》已经成为他的东西,他已决定将它搬上银幕,那他又有何必要自欺欺人,装出偶然随便翻翻、漫不经心地浏览浏览的样子呢?

他饱含深情地把小说放在双膝上。深蓝色的老式硬纸板布封面,切口和封面上呈凹形的书名和图案全都烫金。书中,有一漂亮的夹页,纸厚厚的,颜色发黄,上面写着:

特 莉 勒 比
小　说

乔治·德·莫利埃　著

《佩特·艾伯斯顿》一书作者

配有作者绘制的 121 幅插图

1895 年版

　　一八九五年,就是儒斯坦的母亲诞生的那一年。那又怎么了?噢,没什么……一种小小的联想而已。儒斯坦就要跨入四十二岁的大门,母亲谢世时,他才十二岁。母亲给他讲述特莉勒比的故事时的情景至今仍然历历在目:母子俩坐在花园里的大椴树下,母亲边绣花边讲故事……《特莉勒比》当时已不像刚刚问世时那样时髦,可母亲讲得娓娓动听,仿佛那件事刚刚发生不久,似乎她是在当天的报纸上得知了前一天发生的那件令人难以置信的丑闻:全世界最非凡的女歌唱家斯温嘉莉在一次音乐会上,面对座无虚席的满堂听众,突然哑然失声,继而歌声走调,在极度混乱中被带下台去……原来当她放声歌唱时,她丈夫斯温加利就坐在对面的一个包厢里注视着她,可突然,这位神奇的男子心脏病突发。斯温嘉莉一失去他的目光,便骤然成为一位恐慌不堪的可怜姑娘,重又变成了昔日那美貌非凡、楚楚动人而又普普通通的特莉勒比。儒斯坦的母亲声音单调又沉闷地讲述道："……夜莺皇后精神恍惚，再也不会歌唱……"

打着水兵领结的小儒斯坦双颊绯红，像着了火似的。现实和虚幻总是混杂在他脑中，使他夜不成寐……只要父亲在家，乐声就会充满那座巨大的乡间府邸，对被早早逼上床的儒斯坦来说，随着这陶陶乐声，四壁犹如舞台的幕布徐徐拉开，将他这位无力防卫的弱小儿童丢弃在波浪滔天的世界里，只见滚滚波涛向他扑去，将他淹没，吞噬……他谛听母亲讲故事时，怎么又想象起父母之间的关系来？母亲在华盖似的大椴树下边绣花边给他讲述的特莉勒比的故事深深地印在他的脑海中……"妈妈，再给我讲一遍特莉勒比的故事吧……"母亲便顺从地又给他讲故事。可在布朗诗的书房里发觉这部书前，他还一直没有读过……书中相遇的特莉勒比是他早已熟悉的老朋友，他就像对孩提时代的朋友一样对她一往情深：虽然并不时常挂念，但他们始终是我们生活的一个组成部分。

故事发生在一八五〇年前后。拉丁区，轻佻的年轻女子和头戴高顶礼帽的男人……三位英国人结伴来巴黎研究绘画艺术。他们在拉丁区结识了身材高大的女模特儿特莉勒比，这是一位坦诚、善良、姿色超凡脱俗的女子，为

"他们三人"提供了一个纯洁无瑕、朴实自然的艺术典型。直到她情窦初开,才意识到自己的裸体,从此丧失了自己的天堂。她爱上的那位男子也深深地爱着她,他就是这三位英国人中的一位,名叫里特尔·比利,拿原作者的话说,他是一位属于"中产阶级佼佼者圈子"的不列颠岛人,笑容可掬,安于天命而又多愁善感……他善于变换法语和英语的读音,这个德·莫利埃的手法之妙令格诺先生①相形见绌!比如,"里特尔·比利"可变读为"利特尔皮里";"我拿"成了"我挪";"哦就似只样的伊古仁"看似不成句子,可细细一辨音,说的是"我就是这样的一个人!"。

儒斯坦任凭自己想入非非……《特莉勒比》确实是部现成的电影脚本。作者以细腻、准确的笔触描写了场景、人物和风格,不放过人物的外部和内心世界的任何一个角落,这正是一位导演为明确影片的主题、主人公及其所处年代所必需的。这诸多细节应在影片中得到再现,儒斯坦只需按照小说描写的脉络,将之搬上银幕。他想象着当时的拉丁区,艺术家工场,工作,节日……想象着巴黎、乡村

---

① 雷蒙·格诺(Raymond Gueneau,1903—1976),法国著名小说家,诗人。他作品中擅长用文字游戏,异想天开地拼写俚语和黑话。——译注

漫游的情景……想象着巴比松镇①,在那儿的画家们身着罩衫,脚跐木鞋,头戴巴拿马高顶草帽……对,这正是里特尔·比利——利特尔皮里——渴望生活的地方,他渴望与特莉勒比生活在名声显赫的米莱、科罗、多比涅等画师的身边。里特尔·比利当时虽然刚刚起步,但这位年轻人是那么富有教养,彬彬有礼,衣冠楚楚,英俊潇洒,一头乌黑闪亮的秀发,两只炯炯有神的眼睛,他不久肯定会成为一位出类拔萃的最伟大的画师。

儒斯坦想象着里特尔·比利站在宽畅的大画室门口,瞥见特莉勒比赤身裸体,在数十位男画师的面前摆着姿势,顿时悲伤至极,羞愧万分,内心混乱不堪……在此之前毫无觉察的画家们这才明白他俩已经相爱……儒斯坦心想:"当里特尔·比利的母亲和他那位任圣职的叔叔离开英国外省,前来巴黎见这位里特尔·比利想娶为妻的年轻姑娘,出现类似《茶花女》中的场面时,我可千万不应失去德·莫利埃的幽默。"

"不过,我还没有考虑这一步……首先是突出爱

---

① 法国巴黎市郊一村镇,处在枫丹白露森林西端,风景秀丽,是十九世纪法国风景画家经常光顾的胜地。在此诞生的法国印象派有巴比松画派之称。——译注

情……爱情使特莉勒比变了形,这位姑娘本可成为一位美貌超群的小伙子……"儒斯坦精力集中,兴味盎然而又好奇心十足地读着那段描写特莉勒比因爱情而变了形的文字:

……她变得愈来愈纤弱,尤其是脸庞,双颊和下颌骨渐渐开始突出,线条(包括额头、下巴和鼻子的线条)是多么匀称,恰到好处,使她越变越美,这令人惊愕,而又几乎无法解释。

随着夏天的消逝,她在露天待着的时间更少了,脸上的雀斑渐渐消失了——真是巧合,她和布朗诗一样布满雀斑!雷蒙在信中曾写道:"那真令人烦恼,都不知该亲您哪块了!"儒斯坦为她俩惊人的相似而激动不已——她留起了长发,把头发挽到颈背,盘成一个发髻,露出两只十分服帖迷人的小耳朵,耳朵位置适中,高高地贴在面颊的后侧,就连里特尔·比利画都画不出这么合适。从前,她的嘴巴长得过宽,现在显出了更为紧凑、温柔的曲线;那典型的英国人的大牙齿长得如此洁白、匀称,致使法国人都不再挑剔,原谅了这副英国人的大牙。她的两只眼睛闪烁着柔和、新奇的光芒,人们从未见过这样的目光,宛如两只闪烁的星星,两只灰色的姐妹星,更像两颗刚刚被一个新出现的太阳射出的行星,行星释放着永不熄灭的柔和的光芒,但这光芒并不完全属于它们自己……

儒斯坦继续读下去:

……特莉勒比这种类型的美女要是在今日,定比在五十年代更令人赞叹。她这一类型与在我们创作之时,加瓦尔尼①在拉丁区普及的美女形象形成了奇特的对照,以致那些为她魅力所倾倒的人们不禁诧异地自问为何会迷上她……

对……在布里吉特·巴尔多②名噪一时的年代,儒斯坦要塑造一位当代的维纳斯,身材颀长,腰肢纤细,匀称丰满的胸脯,乳房不大也不小……不,不是朱诺③!我告诉您,是维纳斯。要避免线条过分纤弱,要突出美丽的双手

---

① 加瓦尔尼(Paul Gavarni,1804—1866):法国著名画家。——译注
② 布里吉特·巴尔多(Brigitte Bardo,1934—   ):二十世纪五六十年代法国著名女影星。——译注
③ 罗马神话中主神朱庇特的妻子,天后。——译注

与双脚……德·莫利埃在小说中细腻地描写了特莉勒比那双漂亮无比的脚,写得是那么令人惊叹……

银幕上,用不着描写,只需将她呈现在观众面前,这对不对……儒斯坦·梅朗会四处寻觅,找到这样一位维纳斯,将她呈现在观众面前,她那非凡的美貌将使您赞叹不已……唯有斯温加利可以评论特莉勒比的美……斯温加利是位德国犹太人,取的是意大利人的名字。他堪称一位天才的音乐家,像只"蜘蛛猫",时而穷苦潦倒,时而富有阔气,但始终令人可怖。要把他塑造成这样一位人物:咄咄逼人,阴郁,不祥,不断横穿特莉勒比的人生道路,将她与太阳隔开,把自己的阴影投射到她的身上……他也发现了她身上发生了令人羡慕的变化,对她说了这样一段话:

……特莉勒比!您是多么美丽啊!这使我发疯!我多么爱慕您!我喜欢您这纤细的身段。您的轮廓是多么优美!您为何不给我回信?为什么!您没有读我的信?您把信全烧了?可我,上帝啊!我可未曾想到!拉丁区的轻佻女子不会读书写字,她们唯一精通的一手就是与那些美其名曰"人"的混蛋猪猡及恶狗跳康康舞①……见鬼！我们，我们这些德国人，我们要教教他们那些猪猡、恶狗、猴子跳点别的舞。我们要为他们作点舞曲，让他们好好跳一跳！砰！砰！正如你们那只猪猡、恶狗加猴子，那个"身后前途无比光明"的该诅咒的混蛋家伙缪塞②所说，拉丁区的那些轻佻女人会感激涕零，"敬上一杯白葡萄酒！"。噢，您能对阿尔弗雷德·德·缪塞有什么了解呢？我们也有个诗人，我的特莉勒比。他的姓名就是亨利希·海涅。如果他还健在，定会寓居巴黎，住在香榭丽舍田园大街附近的一条小街里。他整天躺在床上，如"阿娜·阿娜"伯爵夫人③一样，只睁一只眼睛观望着外部世界。啊，他是多么喜爱法国的轻佻女子！他与其中的一位结了婚，她名叫玛蒂尔德，像您一样，长着两只迷人的脚。他定会因您骨架漂亮而爱慕您，他说不定会喜爱一根一根地数您身上的骨头，因为他也像我，是一个爱玩乐的人，一个玩世不恭的人。啊，您将成

---

① 十九世纪起在法国巴黎流行的一种低级下流的舞蹈。——译注

② 缪塞(Alfreud de Musset, 1810—1857)：法国著名诗人。——译注

③ 出处不详。——译注

为一具多么漂亮的骨架啊!您很快就会变成那美丽的模样,因为您没有向那爱您爱得发疯的斯温加利微笑。因为您没看他的信一眼就全都付之一炬!……

儒斯坦反复阅读这几页文字,慢慢咀嚼,细细品味,里面的人物有血有肉,一个个按照自身的命运发展。儒斯坦感觉到他们随他进入一部能勾起幻觉的全景影片,脑中出现了奇特的混乱现象:布朗诗和特莉勒比合二为一,化成了独一无二的女人……富有天才、可怖、可鄙而又神秘的斯温加利是给布朗诗写信,她烧了他的来信,幸亏儒斯坦在纸篓里寻回了这些混杂在其他信札中的情书。是布朗诗长着两只世间最令人赞叹的美脚,两只宛如姐妹行星的灰色眼睛和一副优美无比的骨架。

可是,从那蒙昧的时代,从儒斯坦的年轻时代,又走来了一位女子,出现在特莉勒比和布朗诗的中间。他当时还年轻,这位女子与另一个人结了婚。多少年来,儒斯坦一直与妻子生活在一起,她虽然已经失去了当年的风韵,但她忠贞不渝,始终爱着他。她过着独立的生活,聪慧,富于天赋,知道什么时候该陪伴着他,从不给他增添累赘。他们的结合唯独缺少幻想,蚕茧中始终没有爬出蚕蝶。可世界是辽阔的,儒斯坦完全可以梦想,他并不梦想别的地方,而是憧憬别的事物……直到今天,书中影射了海涅,仿佛这位诗人还活着,那位天才而又残酷的斯温加利提起了"美丽的双脚"……儒斯坦年轻时,曾绝望地反复背诵海涅的这些诗句,它们就像车轮伴随着火车一样,伴随着他那颗痛苦的心:

> 每天夜里,我在梦中与你相会,
> 梦见你向我亲切地致意,
> 我热泪盈眶,向你扑去,
> 扑倒在你那双美丽的脚底……

这些诗句从遗忘的深潭泛起小泡,仿佛那深潭的底处有什么东西还活着,还没有彻底窒息……

他要执导一部情节剧,里特尔·比利的母亲抵达巴黎,他的两位朋友被她接二连三的提问弄得尴尬不堪……对,特莉勒比曾当过洗优质柔软衣物的女工。对,她是个模特儿!天哪!特莉勒比本人来了,既然别人对她明言相告,说她会毁了里特尔·比利,她便主动断绝与里特尔·比利的关系……

里特尔·比利喊叫着跑进屋子的一幕:

"特莉勒比,她在哪里?她怎么了?……她不辞而别了……啊!"

儒斯坦自己模仿着这一幕,几乎跟着主人公一起大声喊叫……里特尔·比利昏厥了过去,他好像是癫痫发作,说着谵语……

"……出现的都是料想不到的事。哎呀!"必须显示爱情是怎样摧毁了一切,横扫一切习俗与礼仪……显示充满爱情的地方如何生机勃勃,爱情之火不再燃烧时,那里的一切又是如何枯竭、干涸、死亡的,甚至连寸草都不再生长……"请设想一下,男人们倘若没有爱情与精神这两根支柱,他们在生活的风风雨雨中还能占什么位置!……"儒斯坦说的不是雷蒙在给布朗诗的信中写的话吗!下一个镜头呢?哎呀!哎呀!眼下,要好好整理一下,把这前一部分理出个头绪来。

儒斯坦写呀,记呀,按照自己想象的人物,从德·莫利埃提供的众多人物中进行挑选,定下影片中应该出现的高潮、场景……他离题太远了,太远了:儒斯坦·梅朗亲自导演这部影片,他完全可以随心所欲,要故事怎么发展就怎么发展。

他这样工作着,此间,特莉勒比变成了布朗诗的模样……因为现在应该这样处理:是特莉勒比酷似布朗诗……哎呀!她总有一天要朝他转过脸来。

不管是白昼还是黑夜,儒斯坦·梅朗始终整个儿与他的人物共同生活在一起。

五年过去了。里特尔·比利在自己的故乡生活,终于在母亲和妹妹的悉心照料下恢复了健康。这时,他已经闻名遐迩。儒斯坦在脑中构思,德文郡那辽阔、空旷而又满目葱绿的优美风光使里特尔·比利获得新生,摆脱了内心那一片乌有的精神状态。儒斯坦自问,这位孤寂、神秘、正派、才华横溢的普普通通的英国人向谁敞开自己的心扉、诉说内心的思绪呢?向那位美丽的女邻居的狗。对,那条狗可作为里特尔·比利的一位理想的对话者。儒斯坦写下了一段独白。里特尔·比利可以这样自言自语:"我思念特莉勒比,我一直思念着她,心中却激不起一丝感情的涟漪。我似乎觉得别人取走了我的一部分大脑,用以试验。我毫无知觉,只是为自己对世间的一切都无所谓这一奇怪现象感到不安……"无论是在游园会上,还是在小型音乐晚会上,纵然他百无聊赖,厌倦不堪,也从未向任何人透露自己的内心世界,隔壁那位漂亮的年轻姑娘是他妹妹的好友,每每参加他们的活动……在他面前,总是空旷得像个真空,始终笼罩着暮霭。后来有一天,威廉·巴戈,又名里特尔·比利,突然张开了翅膀,向伦敦飞去,那儿,成功的荣耀在等待着他。儒斯坦想象着告别的场面,马车在台阶前恭候,仆人在……

伦敦,巨大的成功。上流社会。他对这一切始终无动于衷。儒斯坦·梅朗对此司空见惯,他知道该如何处理,借用沙龙这一场景来表现人们如何围着一位名人喋喋不休地乱吹,装出一副讨人喜欢的样子……对,在一个沙龙里,最受人奉承的两个人,里特尔·比利与另一位同样名声显赫的画家,在一起玩"比尔包开"①游戏,谁都一声不吭……可在分手前,里特尔·比利会像在继续进行热烈的交谈那样对众人说道:"今天,我与两位最要好的老朋友在一起用午餐……假如我在餐桌下发现一颗炸弹的导火索燃着了,我会纹丝不动,既不会去抢救我的朋友,也不会去救自己的性命……"对方便说:"真是个好场面。"里特尔·比利马上重复道:"好场面……"说罢,他俩告别而去。多么动人的镜头……

接着,在伦敦最辉煌的一家府邸举行了一次音乐晚会……儒斯坦至今还清楚地记得在英国那一个个为欢迎

---

① 一种接球游戏,把用长细绳系在一根小棒上的小球往上抛去,然后用小棒的尖端或棒顶的盘子接住。——译注

他父亲举行的盛大招待会。音乐迷们议论着一位两三年前出现在音乐世界里的妇人,她是一位令人不胜仰慕的歌唱家,连最伟大的艺术家和头戴桂冠的显赫名人都对她赞叹不已,人们纷纷向她敬献鲜花,赠送首饰,表白爱情,这是一位空前绝后的大歌唱家……啊,斯温嘉莉!唯有音乐还能穿透里特尔·比利那颗漠然的心,他兴致勃勃地听着音乐迷们的赞叹,心想总有一天要亲耳聆听那一天使般美妙的歌声,为此暗暗下了决心:不听到这一歌声,决不自杀。

儒斯坦·梅朗和特莉勒比生活在一起。无论是一般情况,还是细节问题,他对她都了解得一清二楚。如何在影片中表现?他开始了选择。他是多么感谢德·莫利埃向他展现了特莉勒比!搜遍布朗诗住房的每一个角落,也找不到一张照片,甚至当儒斯坦从镜前走过,连镜子也拉下了眼帘,向他遮盖起布朗诗的面影,正当他一筹莫展的时刻,变成斯温嘉莉的特莉勒比款步走上舞台……

……一位身材颀长的女子,身着古希腊式样的饰金长裙,绣着石榴红的鸟羽图案。裸露的肩、臂像雪一般白皙,冰肌玉肤,头戴一顶小巧玲珑的星冠,茂密的褐色秀发垂在脑后,几乎拖到双膝,宛若美发厅橱窗里陈列的模特儿,一头闪亮的秀发,引诱着人们前来试用某一时髦的净发剂……

……她脸庞清秀,尽管打扮得春风满面,但仍流露出几分惊恐的神色。不过,她线条优美,性格是如此温柔、谦恭、迷人,充分显示出质朴和文雅,令人一见便为之倾心,神魂颠倒。在任何一个舞台或讲坛上,人们都从未见过这样一位美丽绝伦、如此迷人勾魂的女子……

儒斯坦感到为难的,是那一头褐色的长发。布朗诗的头发呈金银色,且不长,真遗憾!不过,她该留短发。再说,这里说的是她,是斯温嘉莉,是特莉勒比。布朗诗就要扭过头!他就要看清她的脸庞……儒斯坦必须立即停止工作,他已经心动过速,脑中模糊一片。人们对这类工作也许还不十分了解,这就像一场体育比赛,如同为时六天的自行车大赛那样累人。在构思影片结尾的镜头之前,他必须喘息一下,然后再来个冲刺……

儒斯坦走到园子里,意外地发现在夕阳映照下初绽的玫瑰花。花已经开了?他和特莉勒比,和布朗诗共同生活了多少个日夜?他感到双腿发软,精疲力竭……最好还是到别处去走走,换换空气。他突然渴望见到人,听到声响,听到说话声,脚步声……儒斯坦回到屋子里刮脸,更衣。他穿上了最称心的衬衣,舒适的蓝开司米上装……他甚感惬意,觉得一切顺利,自己心绪也极佳。他刮净了脸,好好梳了梳那圈似光晕的头发,甚至抹了抹裤子的中缝,这可是他不常做的事。接着,他手臂上搭着斗篷,来到停车房。他要去"死马"客栈用晚餐。

客栈里乱哄哄的!他好不容易才找到了个座位。风雅的女士,男子,狗……温柔的音乐仿佛从四壁传来,眼前几乎只有一种色彩,空气中混杂着香水和烟草的气味……多漂亮啊,这些女的!都是些巴黎女郎,大都没有戴帽子,纤细的身段,丰满的乳胸——今年流行的就是这种挺得高高的乳胸——肌肤开始呈褐色,挂着串串珍珠项链,脚踏高跟尖头皮鞋,身着超短的上衣,就像是开襟背心,呈环形的秀发高高盘起,致使她们的脑袋显得圆而大,宛如修剪成球形的槲寄生[①]。……不管她们打扮如何,她们始终那么迷人,又总是设法逗人……一位美丽的金发姑娘朝儒斯坦溜了一眼,目光闪闪发亮。莫非她认出了儒斯坦·梅

[①] 一种植物。——译注

朗？抑或只是瞟一眼而已？再说,这种不轨的目光盯上他本人也好,瞄上他的名字也罢,又有什么不同呢？儒斯坦·梅朗的显赫声名是他的创造,从来就是他自身。自爱意味着什么？儒斯坦·梅朗这一名字比他的双唇和躯体其他部位还更紧密地成为他不可分割的一部分。这一名字,不是他继承而来的,是他自身的创造。这样看来……他透过烟斗冒出的腾腾烟雾,向那位漂亮的姑娘微笑。陪伴这位"贵妇"的男子并不介意,非但毫不生气,反而为能在众人面前显一显美丽绝伦的女友而自豪。他很年轻,因此不会遇到什么危险。成年男人不会惹他嫉妒。毋庸置疑,她长得确实漂亮,但儒斯坦·梅朗要找的不是一位"玛丽莲·梦露"[①],而是一位当代的维纳斯。他早已开始从这一角度评价女人。儒斯坦敞开肚子大吃。安托万坚持要亲自服侍,为他选了一种非同凡响的好酒,名曰"教皇新堡"。安托万对店里的酒的品种了若指掌,献给梅朗先生的酒当属上品,价格却不是最贵的。喝咖啡时,儒斯坦朝那位漂亮姑娘瞟了最后一眼,然后来到了酒吧,那姑娘似乎显得有些失望……

酒吧里,烟雾缭绕,几乎什么也看不清,嘈杂的话声与

---

① 二十世纪五六十年代美国著名女影星。——译注

隔壁传来的台球的击撞声混杂在一起,从那乱哄哄的声音中不难断定隔壁肯定人很多。当儒斯坦发觉男爵又出现在门口,见他比上次相遇时还更苍白消瘦,俨然是一个流浪老头时,不禁为自己酒足饭饱、红光满面而感到几分羞愧。男爵把手伸向贝雷帽表示致意,儒斯坦·梅朗急忙起身,邀他同饮。男爵上前致敬,一边抱歉地说有急事,一边问安托万有否他的信件。问完之后他就走了。

"这下是彻底完蛋了,"安托万端来咖啡,评论说,"他连住址都没有了,只得让人把信写到我们这儿转。他被撵出了城堡,城堡全封起来了……您怎么都猜不到他在什么地方栖身吧……"

"猜不到……在什么地方?"

"在'死马'露营地!就住在第一个固定小屋,就是公路旁一眼可以看到的那一间……那可不能用作寄信的地址!"

"就住在那间形似木屐的小屋里?"

"对,一点不错,梅朗先生!自昨天来,天气晴朗,可好景不长,我告诉您吧,我这两条腿准得很,不会错……谁知道,男爵或许能挺过去,可他那把年纪,够他呛的。"

儒斯坦想象着笼罩在漆黑的夜幕中的露营地。要是让他独自一人置身于那一片空荡荡的帐篷间,他准会吓得魂飞魄散。那一个帐篷,就是一个藏人的阴暗角落……

"真够他呛的,"安托万边斟覆盆子酒边重复道,"他呀,从来没有过过苦日子……我还记得他打猎时从这儿经过,那位陪他的太太常常惹他生气。我看呀,那位女人没有什么特别迷人的地方。确实,我见她时,她总是穿着一身猎服,真像个小子……"

"一头金发?"

"她一脱下鸭舌帽,露出头发……对,金黄金黄的。"

"高高的个子?"

"您问得太细了,梅朗先生!穿戴得像男人的女子,那可难看准……"

"没有什么特征?……安托万,您这人真粗心!"

"说句实话,梅朗先生,我没有多看她!打猎季节,可以想象得出,我们这儿顾客盈门……"

这个安托万,纯属平庸之辈。与布朗诗相遇,竟然不多看她一眼!安托万仿佛感觉到了这位贵客的失望心情,马上继续说:

"她呀,和蔼可亲,对……对吃的一点不挑剔,胃口很好,不像那种挑三拣四的女人,觉得什么都无味,勉勉强强吃一点。当然咯,打猎很累人,特别像那位太太,打起猎来真像个打猎的样,那胃口当然就……噢,请原谅,梅朗先生,有人喊我……今天,顾客真多,从午餐到现在,顾客络绎不绝……"

从安托万嘴里再也掏不出什么话了。儒斯坦把钱放在桌上,走出了酒吧……里面闷死人,他早已不习惯那烟、酒味,那嘈杂的声音。他很想徒步回家,呼吸呼吸新鲜空气,可车子怎么办?再说,路途也够遥远的……

布朗诗没有什么特别迷人的……人们也许没有发现她的动人之处,他开始看的那些情书中有一封不就表明这一点了吗……噢,是那个名字以 B 开头的人在信中对布朗诗说的!可是……可是……特莉勒比也没有惊人之美,只不过是位漂亮的姑娘而已……然而……有的时候,只需一个特殊的环境,只需人们看上一眼,就可诱发出某人身上的非凡之处……那人就会变得令人惊叹。特莉勒比的神妙并不代表布朗诗。布朗诗的奇妙在哪里?是她那登月的强烈欲望?在今天看来,这早已不是令人惊叹的事,人们都已习惯……车灯刺得儒斯坦眼睛发花,迎面开来一辆接一辆的汽车,这么拥挤,早该打开平交道口……对,布朗诗确实没有神奇之处。莫非她引起的巨大的感情力量就是她的神奇之所在,就如特莉勒比?这是一种我们尚无法解释的力量。"与您相遇的人中是否有不爱您的?"这种赞美之词是多么中听,特莉勒比心里热乎乎的,幸福得双眼被热泪浸湿了。思索了数分钟后,她极为天真、纯朴地回答道:"不,我不能说我从未遇到过,我一下想不起来。真的,我遗忘了多少人啊!"儒斯坦已经熟记《特莉勒比》……

天色已晚。村庄在一片漆黑中沉入梦乡。尽管如此,驾车在森林、田野里行驶,倒还是一件惬意的事……他把车开进车库,从车库径直来到厨房。喝杯威士忌,对身体大有好处……真怪,布朗诗家竟没有冰箱,也没有收音机。她也许搬走了。神奇的魅力……儒斯坦一手提着酒瓶,一手端着酒杯,走进书房,坐在红色皮椅上……倘若儒斯坦善于用足够的力量去爱,那股神奇的力量也许会使布朗诗出现在卧室门口的台阶上。儒斯坦凝视着房门。一位女子身着长长的白色睡衣,肩上披着披巾……她扭着头,只能看见她那时隐时现的侧影,那长得十分服帖的小耳朵……

儒斯坦一揪鼻子,从梦中惊醒。既然他并不真心要在这把椅子上睡觉,还不如干脆上床。

次日清晨,当他又步入书房,坐在写字台前时,发现上面乱糟糟的……最近这段日子,他一直忙着构思《特莉勒比》,早把装着信札的废纸篓推到了一边。可是,这些信却明明白白又堆放在写字台中间。莫非他在昨天晚上碰翻了纸篓?可是,纸篓也原封未动,摆在写字台一角。里面装的信似乎也仍然是那么多。可是这些信堆放在写字台中间,不是自己又是谁放的呢?还是再看看这些信到底都写些啥吧!看看向布朗诗太太求爱的人们是否还有别的心里话要吐露……儒斯坦显然在寻找借口,以暂时放一放眼下正忙的《特莉勒比》。他装着对她毫无兴趣,扭过头,不看她一眼……其真实目的在于更清楚地捕捉到她!然后就来个冲刺,从她身上越过,完成电影剧本的最后几个镜头。

星期三

亲爱的太太:

我想这封信定会使您失望,喔,上帝,为什么呢?正为此,我害怕写这封信。不过,我决不会一写再写,即使写后重读一遍,也只是为了检查一下拼写。

最亲爱的太太,感谢您激起了我感情的波涛;感谢您始终那么心诚,光临斯特拉斯堡;感谢您打开了我的心扉,自昨天起,我思绪万千,难以言表,就我的生活现状展开了极为激烈的斗争。

所有这一切,所有这些贵重的礼物,您也许认为微不足道,可我内心却对您无比感激。

昨天,我从贝尔福赶回家,一路上高兴得直想喊,疯狂地喊,以战胜内心的胆怯。我开车子一般时速为六十五公里,可我,太太,我昨天车子开得像飞一样,每小时至少一百一十公里,当时的心情,您可想而知。

还是让我们尽量明确我们的处境吧,以免以后再次迷失方向。我仅见过您四面。我觉得您,不,不能有描写的文字,我觉得您很热情,这对您来说该是最自然不过的。我以为也很自然,可后来,发生了神奇的变化。

我感到——打从什么时候起?可这无关紧要——自己在冒险,贸然跃到了一个陌生的地方。在那里,理智、逻辑和引力不复存在,无法控制的速度和难以置信的晕眩是不可抗拒的规律。现在,让我们由此做出结论吧(我知道刚才的总结是个悲怆的失败尝试)。

没有结论。我认为我爱您,可我不知道这又有何用,我也不知道这将会有什么结果。目前,我还处于相当高的高度,用不着为坠地的结局而担忧。我曾暗暗下定决心,避免用"爱情"这一个词及其派生词(我是说到做到,从不食言的!),也许是因为这个词用得太滥了,抑或是因为这个词一旦用到您身上,就会生发新的力量,其力量不可抗拒,我因此犹豫不决,不敢用它来描述刚刚才存在了几天,甚至才短短几个小时的事。

　　我要说的说完了。这封信已经是够语无伦次的了。您会怎么想呢?我知道,您不会耻笑的。可您也许会亲切地付之一笑。您会觉得我幼稚,觉得我罗曼蒂克。可是我从未像这样尽量客观地看问题,以免不切实际地想入非非。

　　也许,您也会严肃地审视我的思想。说到底,我的思想毫无自制能力。我好胡思乱想,仅见了四面,在一个庸俗的环境度过了半小时的甜蜜时光,这岂能容人过分地想入非非。布朗诗,您会责备我吗?

　　温柔的太太,我还有多少心里话要对您说。我不知到底该说些什么……我还是愿意您先跟我谈一谈——很快就会跟我谈的,对吗?——您对此信的看法。正因为如此,出于好意,也许过分了点,这封信只涉及我,只涉及我自己的感情。我对您几乎一无所知,因此对您只能表示一点愿望,一点微不足道的愿望,比如希望您允许我再见您几面,再瞧几次您的眼睛,现在,我已经知道您眼睛的色彩,永远不会遗忘……

　　　　　　　　　　　　　　　　　　　汤姆

儒斯坦叹了口气,找到了信封,邮戳上标着日期:52.10.12。继雷蒙后,又过了两年,这两年中,除了雷蒙,还有多少人求爱……布朗诗的情人并非都与她通信,肯定有不写信的爱恋者……

星期四

亲爱的太太:

谢谢您的来信,在信中,您只为自己勾勒了个大致轮廓,因为您有许多重要的细节没有说明,比如您温柔的性格,那可怕的温柔性格。当然,这个责任不在您,就如……就好似秋水仙花,用不着为自己的毒素负责任。

您走后的那个星期天,我差点去巴黎。可出现了可恶的意外情况,我未能成行。我为此而惶惶不安,失魂落魄,仿佛面临不可挽回的局面。再过一个星期,再过半个月,您就会把我遗忘,对吗,亲爱的太太?那时,我会悲伤不已,可我喜欢自己忧伤。

附带说明一下:五分钟来,我发现自己很幸福。在这之前,我多愁善感。谢谢您,布朗诗,感谢您赠给了我这一礼物,不,这礼物是我从您手中强行夺来的,我曾夺走了您的多少礼物。可是,正直的女人难道就不应该馈赠礼品吗？

您走后的那天晚上，我又去匆匆见了亨利一面，告诉他竟然出现了奇迹：巴黎直快晚点了三十五分钟。您坐在窗边的一角，被火车带走了。我坚信他没有察觉我的双脚已经离开了地面，站立不稳，周身充满令人惊悸的电流，热血在沸腾。男人呀，总是特别缺乏洞察力。

三天前，我回到了我平生第一次感觉到您我之间发生了某种微妙东西的地方。我是想说巴黎公路和那条我们曾一起徒步行走了几步的道路。尽管身边有个同事陪伴着我，可我在那复杂的气氛中，仍然达到了我所寻觅的精神境界。请原谅我像拉马丁①那样，下笔千言，离题万里，一发而不可收。

下个星期天，我可能要去巴黎，您能允许我写信或拍电报将准确时间通知您吗？您能允许我在上午十一时许登门拜访吗？

我还有一个请求，一个很冒昧的请求：您能告诉我您的电话号码和有幸见到您而又不打扰您的时间吗？亲

---

① 拉马丁（Alphonse de Lamartine，1790—1869）：法国著名诗人。——译注

爱的太太,瞧,我是多么不知足,知道了您眼睛的颜色后,我又想方设法,心怀叵测,企图捕捉您说话的声音。

我觉得这封信蠢极了,准会惹您不快。我想就此搁笔……这是因为您对我来说,有许多难以言表、无法解释的东西……

再会,亲爱的……

汤姆　于斯特拉斯堡

可怜的汤姆……他想去巴黎,追逐他的情人……"可出现了可恶的意外情况,我未能成行。"可怜的汤姆,他可能也只靠工资吃饭,没有富余。汤姆,这个土气的外省人到底从事什么职业?儒斯坦开始快速地浏览那微蓝色的信笺,上面的字迹有些潦草,像是出自知识分子之手……

……我知道,我深知和您在巴黎共同度过的十一月七日将在今后漫长的岁月里,经常把我送入甜蜜的梦乡。这对我来说已经,不,似乎已经到了神奇的地步(布朗诗,这并非一时冲动,而是迷恋)。我想这也是一种"保住"您的方式。

亲爱的布朗诗,请您首先相信,我在您的生活中决不会成为您的一种累赘。我只是希望您接受,您容忍这……这件东西。布朗诗,请俯允接受吧,我求求您,请您接受我献给您的这份从未启用过的、崭新的感情的礼物……

……我下面想跟您谈谈我的一些琐事。可我发现一旦涉及这一话题,我每每感到悲伤。我的生活与混日子多么相似。倘若再这样得过且过,混下去,当不久后上帝召唤我的时候,那我用什么东西来奉献给它呢?只有几毫克核酸,对它毫无危险(再说,我根本不担心向圣父赠送礼物……)

汤姆到底是干什么的?是位坚持科学研究,在某个实验室或别的单位工作的化学家?噢,这儿有他的一封信,信封不一样……带笺头的信纸:美国"精英"酒吧……儒斯坦跳过了几页,这封信没完没了,显然是在夜里写的,不时标上钟点……

……我想延长,请赐给我这一奢侈的享受吧,我想把我们共同度过的最后几分钟一直延长到拂晓。我希望直到旭日东升时,仍然坚信自己还正处于某一事件的开端;坚信您已经进入我的生活,再也不离去;坚信没有您在身边,我在物质上是不可能生活的;坚信现实主义者是些可怕的老处女,与她们打交道时,切要格外谨慎。只要能延长这一时刻,要我喝多少杯威士忌酒,我都在所不惜……

下面一部分,儒斯坦很难辨认清楚……整整十二页的胡言乱语……不是胡言乱语,是封情书。汤姆好像承认自己在不要命地狂饮威士忌,男侍不时来看看这个顾客是否瘫倒在桌下,每次都放心地离去……可夜愈来愈深了:

四点钟

……只要这能给我幸福,我就保留这一爱您的权利,不受时效约束。啊,布朗诗,您眼睛的色彩是否取自深灰的天穹?(写到这里,我要了一杯维昂多斯酒,咖啡馆招待很快应声送来了。)

但是我向您许诺,决不乱喊乱叫打扰您。只要您愿意,我想一直当您的这样一位朋友:需要他,又可忘掉他;他似乎就在您身边,但他又不在您身边,始终那么审慎,时刻听从吩咐,就如值班的护士。但这一切优点只有在使用他时才可表现出来。请试用我吧。我心爱的布朗诗,我向您发誓,作为朋友,谁都不可能比我更相称。我就像一部福特牌轿车那么听从使唤,速度快,耗油少,容易保养(每两个月给我写一封十行字的短信就满足了)。我还得再补充一句,我绝不是一辆批量生产的汽车。

我心爱的人,请接受我献给您的友谊吧,请不要把它当作不得已而接受的东西,权作为一份实用的、可折叠的、可随身携带的(完全可以放进手提包里)礼物吧。

我这就把这封在威士忌作用下写出的充满胡言乱语的信送到您的女门房那儿去,那位好人现在该已经起床了。送完信后,我便去车站。

可敬可爱的布朗诗,请允许我最后一次向您表白我那毫无希望而又充满光芒的爱情。不管发生什么事,我都无比感激您。

汤姆

亲爱的太太:

谢谢您的来信。它把事情和我本人置于了各自恰当的位置,真令人赞叹。我清楚地看到了这一点,对此既不感到痛苦,也没有任何责备。

下个星期日,我无论如何要去巴黎。我需要见到您。随时随地听从您的吩咐。

汤姆

儒斯坦愠怒地推开座椅，觉得自己与受布朗诗摆布的所有男子都休戚相关。汤姆的信提醒了他可以喝杯威士忌，饭前一杯酒，这对身体健康大有益处。他走到了厨房。这几封情书像是雷蒙罗曼史的"摘要"：相遇，一见钟情、离别；再次相遇，爱情的顶峰；一刀两断；结尾。这一次，布朗诗毫不迟疑，快刀斩乱麻，处理得干脆利落，且趣味高雅，不与"写求爱信者"同床。那是个外省人，罗曼蒂克。是来巴黎闯荡的人之一，当然并非来巴黎的都像拉斯蒂涅①，一旦摆脱了他们的乡下气，便不再是猴，而是"人"了。他们变本加厉，把乡下的肥土带到了巴黎的土地上。布朗诗也许因为有事，比如看朋友，去斯特拉斯堡旅行，在朋友家做客时与汤姆相遇，汤姆就这样出现在她的人生道路上。

斯特拉斯堡有"科学研究"单位吗？也许有，那儿有大学，教授……汤姆可能就像书中的那些无名英雄，身染奥秘尚未被人揭开的绝症而死亡，就像战士一样默默无闻地躺在凯旋门下安息，正如布朗诗的"月神园的经管人"夏尔·德洛特-邦代尔在信中所说的，是一位套着有光夹里布护袖的科学工作者，无声无息地离开这个世界，得不到

---

① 巴尔扎克笔下的人物，是复辟王朝时期从外省来巴黎冒险的青年野心家的典型。——译注

人们的鲜花和赞颂。汤姆面对将发生的一切清醒冷静,完全知道布朗诗会很快将他弃在一角,儒斯坦不禁对他产生了强烈的同情心。但是,也有可能对她认识有误?

儒斯坦手里端着斟满威士忌的杯子,回到书房,安闲地点燃了烟斗……不管怎么说,这些"富有人情味的资料"远不及一部杰出的好小说。要想使这些材料神圣化,必须借助艺术。儒斯坦·梅朗陷入了艺术思考中。等以后哪一天不再导演电影,他将写一部艺术思考专著,探讨如何从时代出发进行艺术思考。现在人们已经谈论全景电影,他如何对待?从中要达到何种效果?当然,全景电影不是轻而易举、明天就可实现的事。电影这一艺术工具,他曾使用了这么久,一想到它哪一天将要消亡,儒斯坦不禁感到心酸。他的电影艺术不可避免地要发展。电影和航空没有差别;人们不可能从事电影艺术而不向前发展。也许当作家是幸运的,作家只与从娘胎里带出来的语言打交道。当然,一生中,人在变化,语言也在演变。对作家,人们不用强求他接受色彩、大银幕、三维空间……一想到三维空间,儒斯坦马上激动不已,迫不及待地站立起来,来回踱步……不管怎么说,他多么喜欢尝试一番!

儒斯坦走到园子里,来到公路上,置身于田野中……他心里思忖,作家始终和语言打交道,可用鹅毛笔写,用打字机打或用口述录音机录。用什么方式传达他的思想并不重要,重要的是其思想和语言的表达,可以超越时间或预言……这取决于人们从哪个角度看问题。可见,这一切是创造才华的结晶……可是作为电影艺术家,他要受电影技术现状,受科学的约束。

快到塑料厂时,儒斯坦不知不觉地想到,雕刻艺术也将随着新物质的出现而发生变化,人们不是已经用雷达使无生命物活动起来了嘛……雕刻艺术品终将行走、旋转、翩翩起舞……音乐也将随着新乐器的发明和听觉的提高而发展,人们可以像切分头发一样用耳朵切分声音……只有写作的领地不被侵犯,它不需任何中介物,像人的皮肤一样与人体紧紧地连在一起。儒斯坦钻进了一个小矮林中,碰到了一个垃圾场,败兴而归。

回家后,他在写字台前一动不动地呆立了片刻,接着把屋里的门全推开、打开了……他感到一片空虚,既不想继续创作《特莉勒比》,也不想……什么都不想干。这空虚的心境也许是汤姆的那些情书引起的。确实不假,儒斯坦和布朗诗出现了不和,为此闷闷不乐,就好似他有个妻子,刚刚跟他吵了一架!然而布朗诗却不能来向他请求宽恕,哪怕确实是她的过错……儒斯坦最终去了车库,开出了DS轿车,为的是打发打发时光,不让它停止流逝,就像是玩陀螺,陀螺快停止时,抽打它一鞭。他觉得自己的运动已经放慢,渐渐就要停息,备感有必要振作精神,恢复运动,快速向前!

太阳,风儿……儒斯坦足足行驶了近三百公里,在塞纳河畔的一家小咖啡馆美美地饱食了一顿,在夜色中驱车回家。他觉得白天过得相当惬意,现在又到了黑夜,终可以上床休息了,心里有说不出的欢愉。

儒斯坦现已准备重新投入工作。"特莉勒比"在呼唤他,他浑身充满新的力量,迫不及待要与她重逢。可是,他坐到放着一瓶威士忌的写字台前时,却不知不觉地把手伸进了装着信件的纸篓,拿出了几封系在一起的信……哟!这里又是记者皮埃尔·拉布尔加德的字迹……

布朗诗,我亲爱的小姑娘,我不回国。我在这儿听到了你的声音,"这又怎么样?这与我有什么关系?"。可你千万别这样生气!我脑中始终只有一个念头,我该告诉你我的行踪,万一你需要我,可以有个着落。有人建议我去南美转一圈,我动了心,刚刚下了船,便不想回巴黎,又登上了海轮……

好,终于有了个自我解放的自由人!布朗诗对这位求爱者没有真心对待,也许并不错……啊,这封一折二的信中夹着一份电报……噢,有两份……

> 请以我名义去见雅费大夫皮埃尔·拉布尔加德。
> 请以我名义去见加尔松律师皮埃尔·拉布尔加德。

电报发自里奥。这里又有皮埃尔·拉布尔加德的信:

布朗诗,昨天和今天,我连续给你发了两份电报。我不知到底怎么回事,急得简直要疯了。游行的时候,你怎么偏偏就在香榭丽舍田园大街?警察们怎么就打到了你?那位被打断了胳膊的小伙子是谁?我收到了米歇尔一封语无伦次的来信,从他信中才得知你的事,急匆匆给你发了电报。我坐立不安,担心极了。可我下个月前又绝对不可能回国,他们出钱让我来南美洲旅行,是绝对不会允许我在抵达的第二天就溜走的。布朗诗,我担心得都要发疯了……求求你,立即给我来个电报,写信给我……你伤势严重吗?大夫怎么说的?一定得马上去找雅费大夫,他办事让人放心,要是他自己没有把握,会介绍你去专科医生那儿看的。你是否因什么事被告发了?简直荒唐透顶!要是这样,按照我在电报中跟你说的,立刻去找加尔松律师。天啊,你呀,简直不让人有放心的时刻,不是在天上冒险,就是想尽法子到地上惹麻烦。

布朗诗,我的心上人,你到底发生了什么事?

皮埃尔

布朗诗到底遇到了什么麻烦?儒斯坦也很想弄清。可惜,他没有看到有皮埃尔·拉布尔加德的其他信,至少信堆的表面没有发现……他从系着皮埃尔·拉布尔加德的两份电报和两封信的那一小叠信札中拿出一个黄色的商业用信封……里面装着一张格子信笺,上面涂满了拙笨的字迹。

亲爱的布朗诗太太:

我现在兑现诺言,将我的近况告诉您。他们把我们一直关到第二天上午,您真幸运,这么快就脱身了。我多么希望再见到您,太太,我想跟您谈谈事情是怎么了结的。六时整,我下了班。我哪一天都在想您。

雅库

事情是怎么了结的……儒斯坦很想知道事情的来龙去脉,从开始到结束。他从一个类似的商业用信封中抽出了另一封信。

布朗诗太太:

毋庸赘言,这一次,您是不怕麻烦,自愿参加的。您现在感觉怎么样?我相信,他们定是以为您死了,才让您躺在马路上没抓您!乔治的胳膊断了。可要是没有见到流血,我们还不知道他胳膊断了呢,所以看了并不可怕。然而您,血顺着您那浅色的裙子直淌,真吓人。啊,布朗诗太太,大伙儿真佩服您!从圣奥诺雷区到马莱伯大街,一路上您始终昏迷不醒,大伙都以为您就这样永远闭上眼睛了呢。那帮警察呀,可真是再凶狠不过了……我按照您的吩咐,顺着您给的地址找到了您在花街的家,也发了电报。我带来了信件,把它交给了护士,想必您已经收到。我还冒昧地添上了一小束紫罗兰花。布朗诗太太,我们虽然是在囚车上相遇,但我们决不会轻易忘却的,对吗?

终生难忘,至死不渝!

雅库

怪不得皮埃尔·拉布尔加德那么诧异,儒斯坦也觉得奇怪:游行的那一天,布朗诗两次去香榭丽舍田园大街,到底去干什么?信上没有标明日期,信封的邮戳也无法辨认。简直让人莫名其妙,一点都弄不明白。布朗诗从不过问政治,无论是在她住过的房屋,还是在写给她的信中,都没有任何迹象表明她对政治感兴趣。不管是戴高乐上台还是下台,也不管是匈牙利事件还是阿尔及利亚事件,这一切似乎都不在她关心的事之列……可是她却和其他游行者一起被抓进囚车,送进警察局,住了医院!儒斯坦不禁也忧心忡忡。他从纸篓里抓出几封信,没发现与这件事有关的信件,充斥着纸笺的绵绵情语顿时变得枯索无味,他毫无兴致,失望地走到了园子里,脑中再也不想《特莉勒比》。

布朗诗翱翔的蓝天展现在眼前,与大地相接……儒斯坦在草坪上漫步,草坪已被野雏菊侵入,挂着金色的花蕾。他手里端着那杯威士忌。明年得重修草坪,深翻土地,重新播种……布朗诗为什么去参加那次游行?……这使她的形象变得模糊不清了。儒斯坦对自己甚为不满,眼下哪里有时间管布朗诗的闲事,应集中精力,全力以赴地投入《特莉勒比》的创作中去……他突然听到栅栏门开了,继又关上了,这说明瓦芳太太来了。一只猫在围墙上溜达,伸着爪子,似马戏团的马在迈着西班牙舞步……常青藤满目葱绿,在那纯蓝色的平展展的背景中煞是醒目,常青藤该修剪修剪了……儒斯坦正目不转睛地注视着猫儿,注视着攀着墙头的常青藤,突然出现了难以置信的咄咄怪事……

墙头上蓦然冒出人头、肩膀……全是些身着卡其布工装的汉子,一个个都带着铁锹……正当他们从墙头跳入园子时,另一些人正要跨进田野那边的栅门……除了铁锹,儒斯坦那两只睁大的眼睛还瞥见了他们手中提着的白铁盒子,上面标着"炸药";有的人胳肢窝下还夹着白色的小标杆,像是界标……这些人仿佛没有一个发现儒斯坦·梅朗的存在,没有一个人朝他瞥一眼。与此同时,儒斯坦听到了瓦芳太太与一个不紧不慢的低音争吵的声音……争吵声愈来愈响,瓦芳太太呼叫道:"救命呀……"儒斯坦急忙冲过去。小门口,瓦芳太太那花白的头发一片蓬乱,气得全竖了起来,她正用双手推一位头戴软帽,身着合体的外套的汉子。

"梅朗先生!"瓦芳太太呼喊道,"他们要炸掉这座房子!"

"把这拿着……"儒斯坦边说边把酒杯递给瓦芳太太,自噩梦开始,这杯子一直碍手碍脚。接着,他问道:

"怎么了,先生?"

那人连忙摘下软帽,说道:

"对不起,先生。上头告诉我们这所房子肯定没人居住……请允许我自我介绍一下:雅克·梅尔巴特,××石油公司的工程师……我们在进行石油勘探,要经过奥特维尔夫人的住宅,据这位为您效劳的妇人说,现在您是这座房子的主人。石油公司为公认的公共事业单位,享有某些权利……从国家利益考虑……"

"我才不在乎什么国家利益,"儒斯坦·梅朗脸涨得通红,大声道,"决不允许像群歹徒、强盗、土匪那样闯入民宅。太粗野了。把您的证件给我看看……不然我这就去报告警察……"

"随您的便,先生。您就去报告吧。这样可以大大地避免浪费时间。要是您发现我的证件不符合规定……再说,如果造成损失,我告诉您吧,您会得到赔偿的,在这方面,公司向来不斤斤计较。"

"我让您给我滚,"儒斯坦·梅朗愤愤地说,"我没有别的法子,您仗着人多。我不是什么'郁金香芳芳'①,可你们

---

① 法国王朝时代性格活泼、无忧无虑的士兵的绰号。十九世纪初,法国音乐家艾米尔·德布洛以"郁金香芳芳"为主人公写了一首民歌,这首民歌广泛流传,家喻户晓。此后"郁金香芳芳"多次成为舞台和银幕的主人公。——译注

是三K党,要么是与他们同流合污的。我这就去找警察。"

儒斯坦·梅朗把车子开得飞快,时速达到了一百六十公里,可附近没有警察队。再说……

"他们是有权的,"警察军士长说,"我们无能为力,实在是没有办法,爱莫能助……我十分理解您,先生。可我们无能为力。让值班员立份笔录吧……事情就是这样,先生!真的,我很理解您,可是,我们确实没有办法……"

回来的路上,儒斯坦轧死了一只鸡。尽管是赤手空拳,但布朗诗毕竟是上街与警察们斗了,她做得对。不管出于何种原因,她的行为都是正确的。警察这帮家伙,简直像铁铸的,令人厌烦,就好似一堵墙,根本不通人情,什么事都是他们赢,如同车轱辘般直往您身上碾……在他们面前,人们俨然是只鸡。无力反抗……一个急转弯,儒斯坦险些撞到了横在前面的一堵墙,接着又很玄乎地避开了一辆又高又长、像堵墙似的大卡车。车子在行驶。他想象着被人推上黑色囚车的布朗诗,想象着警察局长和那些势力最强大的人们……儒斯坦·梅朗生性恬静,完全失去自制力的情况屈指可数:一次是他得知她已经结过婚,可在这之前,他一直想都没有想过她会爱上另一个男人;还有一次,是在斯塔拉加;最后一次,那已经是好几年前的事了,是发生在制片商的办公室里的一场争执。此后,他便独立执导,自己投资拍片。

在车上,他渐渐恢复了冷静。幸亏他很冷静,不然,回家一看到园子的惨景,谁知道他会做出什么事来……园子里,草坪无影无踪,野雏菊、勿忘草不见踪影,甚至连小径也不复存在……地面四分五裂,一个个大坑几乎紧挨着,张开大口,周围的泥土堆得像一座座小山包,这里和那里,插着白色的标杆,就似一座刚刚出现的军人墓地,插满了十字架……玫瑰花消失了,花坛不见了……粗大的椴树和丁香花丛只剩下了个根……在这混乱一片、破败不堪、遭受蹂躏的地方,乱扔着一些白铁盒,盒子是空的,上面贴着标签:"炸药"。俨然是一副战争的惨景。儒斯坦回来时,战斗早已结束了,被彻底摧毁的园子里已经不见人影。他进了屋子。

厨房里,瓦芳太太正站在洗衣机前哭泣,哭得那么伤心,那湿乎乎的双臂和围裙仿佛不是洗衣水,而是泪水打湿的。

"据说他们是行使自己的正当权利。"儒斯坦说。这一说不要紧,瓦芳太太马上大喊大叫,连诅咒带臭骂,儒斯坦听了心里似乎好受了一些。

"什么权利,"她声嘶力竭地大骂,"什么权利!十五比一,什么权利还不都在他们手中!……养那些警察,有什么用呢,我问您呢? 就知道抓可怜的人们! 股份有限公司,都是没名没姓的,当然抓不到他们头上……他们那些人全都串通一气! 噢,他们是穿一条裤子,戴一顶帽子……这不是明摆着的嘛……股份有限,无名无姓,他们用不着害怕,到哪儿去找得着他们……"

瓦芳太太号啕大哭,跑到了车房。她已经再也控制不住自己。儒斯坦看了看门、洗衣机,继而去了书房。他怒气已消。锡柜子里的镜面回映出他那张苍白无血的面孔。天空也涂上了一层锡,灰白一片。

儒斯坦坐到红色皮椅上。看样子,刚才那阵怒火像是布朗诗被捕的消息燃起的。然而,布朗诗却因此而更朝气蓬勃,四处活动……他们的麻烦看来同出一辙。儒斯坦·梅朗气得已经精疲力竭,迷迷糊糊地在座椅上睡了过去。手中早已熄灭的烟斗掉落在地毯上……

他被一阵嚎叫声惊醒! 他心想肯定是那帮家伙又来了,随手抄起一件家伙——一尊沉甸甸的狄德罗小型半身铜像——跑到了园子里……

事情发生在栅门的另一侧,临田野的围墙进口处。首先映入眼帘的,是那伙糟蹋了园子的家伙,密密麻麻的,都穿着靴子,站在田野的一侧;面对的是农民,他们立好了阵势,一个个都手执长柄叉……对立的双方,隔着一块嫩绿满目的土地。他们全都在嚎叫!铅色的天空低垂着,唯有天边露出一道狭窄的光隙,呈半圆形。脚蹬靴子的家伙向前走了一步。农民们马上举起叉子,大声怒骂。那些家伙又向前迈了一步,靴子踏上了绿油油的庄稼地。刚才严阵以待,就像守着河口那样保卫着土地的庄稼汉们,现在自发地分成两队,行动自然,一个个手持长柄叉,奔跑着快速包抄过去,从左右两个方向向那帮家伙发起攻击,脚下却没伤一棵麦苗……那帮家伙一见这阵势,拔腿就从中间夺路逃窜,两条腿儿没命地跑,不一刻便消失在微微凸起的麦田下方的灌木丛中。庄稼汉们没有追赶,倚着叉子,望着他们狼狈逃窜……咒骂声、吼叫声戛然而止,就像一场暴风雨,瞬间悄然停息。农民们肩扛长柄叉,不时地扭过头去看一眼,慢慢地离去,最后全都消失了。

儒斯坦松了一口气……他紧紧地握着那尊半身铜像的头,握得那么有力,以致狄德罗的鼻子刺破了他的掌心。刚才那场面令他激动不已,他在园子里不停地来回踱步。瓦芳太太肯定走了,不然,那震耳的争吵声早就把她引出门来了。不过,他还是到厨房去看了看,猛然想到昨天起什么都还没有吃呢。白天里发生了这么多事,他突然觉得时间无比漫长。瓦芳太太确实不在厨房,但洗衣机还没有关上,指示灯还亮着,这说明她还要再来给他送吃的。儒斯坦不想再等,迫不及待地咬了一口夹着奶酪的面包,那就像小酒店吃的三明治,一边自言自语:"瓦芳太太真是好样的。"那脚蹬靴子的身影,尖尖的长柄叉,这不是一个名副其实的农民造反的镜头嘛……他们不准歹徒们胡作非为,不许他们把已经出土、发芽的麦田当成战场,那帮无法无天的家伙算是碰上好惹的了,他们并不是在哪里都可以称王称霸的。我是不是可以放弃手中的《特莉勒比》,着手拍一部《起义者雅古》[①]?多么令人振奋的故事!这将是我一生中的得意之作!与世界的进程相比,也许不像传奇性的故事《特莉勒比》那样不合拍。儒斯坦一口气喝完了手中的那杯红葡萄酒,快步奔向书房。

他很快在书房找到了《起义者雅古》……这部书,他也是在布朗诗的书房里才读完的,是布朗诗赋予了他这个机会……布朗诗仿佛突然从月球附近地区返回地面,再次给他灵感,向他提示了这一主题。

儒斯坦·梅朗坐在公证人用的大写字台前,由于他心潮激荡,脑壳后的那圈光晕熠熠闪亮。他受到了多么令人

---

① 法国著名作家欧仁·勒鲁瓦的代表作,于一八九九年问世。小说描写了十九世纪初法国农民的不屈不挠的斗争。——译注

激奋的鞭策！他一手拿着书，一手执着笔，开始摘录……

傍晚时分，初稿拟到近一半时，瓦芳太太才来敲书房的门。

"梅朗先生！"

"有什么事，瓦芳太太？"

"一封信，先生……"

一封信？谁都不知道他的地址，谁会把信写到这里来呢？除非是他的那位办事员。肯定又是麻烦事……

瓦芳太太手拿着信走进来说道：

"这是封退回寄件人的信，梅朗先生。看样子这封信去过的地方着实不少！看信封上那么多地址，好好瞧瞧！看来收信人从最后的那个落脚点走时没有留下地址……邮差们真不简单，他们在天涯海角四处奔波！我把信给您？邮差把信送回到了这里，因为寄信人的落款地址就在这儿。我跟他说奥特维尔夫人已经不住这儿，可白费口舌，他说邮局也不知到哪儿去找她，那信就只好毁了……我这才接过了信。梅朗先生，您怎么不想吃饭？我看见您几乎什么都没有吃……您这样会把身子弄垮的！我想您肯定已经知道了围墙后面麦田里发生的事。我呀，心里头更是不安宁……可怎么也得吃饭呀！"

"我不饿，瓦芳太太，我吃过一块面包了……明天见，瓦芳太太,我有点累了……"

儒斯坦轻轻地把她向门口推去,继而关上了门,两只眼睛盯着那封信。信封上涂满了各种地址,划了写,写了又被划掉……上面唯一可以辨认清楚的就是信封正中间的收信人姓名:J.‑L.奥特维尔先生。信封的背面写着"寄信人:布朗诗·奥特维尔于皮埃尔斯西南郊"。布朗诗是给丈夫写信!邮戳……邮戳上标的是一九五七年……其他部分无法辨认……不管怎么说,这封信肯定在路上走了一年多!信封上的字大大的,竖的笔画笔直笔直,弯的笔画翩翩起舞,墨水淡淡的,这大概是历时过久的缘故。儒斯坦一直站在门边,不由自主地转动了钥匙……他要做最后一件最为无礼的事:用一把刀刃锋利的小金属切纸刀——这是布朗诗的裁纸刀,干净利落地打开信封。儒斯坦从中抽出了好几页信,用的是打字纸……但还是那翩跹起舞的手写体,淡淡的墨水,大大的字迹……他就要读布朗诗写给丈夫的信,此时此刻,他心里忐忑不安,仿佛就要打开一份可能带来噩耗的电报……

亲爱的:

  就像铁路出现重大事故,而我碰巧乘的就是这辆大祸临头的列车。再设想一下那被压在矿底的矿工,叫天天不应,喊地地不灵,而我就好比这矿工。我在露天活动,头顶是蓝天和太阳,周围是行色匆匆的人们和热气腾腾的生活场面。我的心肌绞痛曾经发作,但这与心灵的挣扎相比又算得了什么?

真的,他们把所有在场的人全抓走了。警察局里,情况与电影里放的迥然不同。他们很快地把我放了,那些先生甚至还为行动如此笨拙,误抓了我感到烦恼呢。一位年轻的小伙子求我到他家去一趟,把他已被捕的消息告诉他的家人。后来,我又与这位年轻人邂逅。通报了消息后,我又去了香榭丽舍田园大街,这一次是我自觉参加的。突然间,我被卷入了旋涡,向前抛去,迎面撞到了一身呢制服,那呢料刮了我的脸,继而一只大手张开手指,紧紧抓住我的脸,拼命地推我,紧接着另一只手朝我打来。我被击倒在街面,昏迷不醒,他们不屑一顾地一走了之。

此后,我便一直对身着呢制服的家伙持敌视态度。我大梦初醒,发现了众所周知的东西。这东西就像"怎么生孩子""地球是圆的"等事一样为普通人所知。

真奇怪。他们总该长着脸吧?我企图在街上认出他们。可是,他们的脑门上并没有标志。也许他们的相貌像马隆·布朗多①一样英俊。他们也与常人一样吃饭,洗漱,去剧院,买邮票……他们中也肯定有人救过度假游泳时不慎失足落水的小女孩。他们也与众人一样去外地度假。古时,有参加十字军东征的,有担任宗教裁判所法官的;有用来焚烧犯人的柴堆,也有阴森可怖的地牢;有受四马分尸刑的,也有被烧红的烙铁烧裂眼睛的……然而在当今社会,连厨房都用上了电器,怎能还用烙铁来烧毁人的眼睛呢?您还记得我们在布鲁日博物馆一起参观过的那幅《受极刑的渎职法官》?他躺在一张桌子上,周围站着的人们都带着专注的神态,一些杀人的专家正在活剥他的皮,然而连牛都是先杀死,后剥皮啊。他已经有一条大腿被剥去了皮,就像脱去长筒袜一样,整条腿殷红殷红的……罪犯的脸庞却因痛苦而显得格外圣洁。审判他的法官沉着冷静,且没有丝毫怜悯。他们在履行自己的职责。您还记得这幅令人赞叹不已的油画吗?我反正永远不会忘记……全身裸露而遭受奇耻大辱,但无力反抗,甚至连死的选择都被剥夺。您还回忆得起法官被捕与受刑这两幅不同油画上那法官

---

① 出处不详。——译注

不同的脸部表情吗？真是判若两人,一个是恶人,另一个则是圣人……这是发生在十五世纪的事。我想象着有那么一次当代的刽子手代表大会,他们从世界各地汇集在一起共同交流经验。每个席位上都装有耳机,配有五六门语言的同声传译。记者、摄影师蜂拥而至。

我为什么怎么都想象不出参加刽子手大会的人的面孔？既然他们每人都有副面孔,且都不蒙面,我为什么就想象不出他们的模样？我的女门房因忍受不了隔壁房子的女看门人老打自家养的猫,一天,从隔壁底楼门房的窗台抓来了那只小猫,送给了我。由于常受虐待,这只猫的后半身已经瘫痪。它在我的手中是多么温和而柔弱。我把它放在一个软垫上,给它端来了牛奶。可它死活不愿待在软垫上,纵身跳到地板上,就地而卧。我把它放回到软垫,它又蹿到地板上。这时,我心里有点急了,心脏怦怦直跳,不得不极力按捺住自己,以免下手打它,拧它的脖子,猛地把它扔到地板上、墙上……它在我手中是那么柔弱,无力而又执拗,我感觉到了它的那副骨架,心想怎么处置它都可以。后来,这只猫被我养得又肥大又漂亮,可是由于它在房间里到处拉屎拉尿,看着我时总是瞪着两只放肆的眼睛,我忍了忍心,与它分道扬镳了。这里讲的并非一种形象,我只是告诉您,在我感觉到它在我手中是那么温和、柔软又脆弱的同时,心里萌发了一种奇怪的念头。

有些人不惜冒生命危险。颂扬这种勇敢精神是极为容易的事,我却看不到他们有什么值得颂扬的地方。那些凭自己的情趣选择了冒险事业的人们应该为自己有机会大显身手而幸福。冒险在人们生活中产生歹徒,但在战争中,哪怕在一个小范围的战争中,却会造就英雄。他们情绪激昂,不惜冒险,为能做出连牲畜都无法做出的超人的努力,忍受任何肉体的痛苦,具备坚强的人类意志而感到自豪。他们说他们对敌对的人们没有仇恨……这是为什么?他们为什么不去断头台?他们为什么不忍受任何肉体或精神的痛苦以免去断头台?德洛特-邦代尔说:厌倦是嗜好冒险的开端……就让他们去月球找死去吧!您是否想过问他们一声,他们是为谁,为什么做出牺牲?我曾企图问过……可他们不会回答的。他们并不是为了法兰西,为了某种理想,也不是为了某个人。我告诉您吧,这是因为他们根本不知道为什么而做出努力。犹如一位作家,具有才华,却没有掌握素材。他们是群心灵高尚的匪徒？您认为人们生活在恶劣的、非人的和非凡的环境中，有可能不丧失人类的意识，不丧失人的忍受力是有限的这一意识吗？他们丧失了这种意识，迷失了方向。我在他们身上只发现一种迷信，对友情的迷信。用鲜血维护的友情。这为追求一种人类感情而付出的代价太惨重了。就让他们去探索星际中的洞穴、高峰和空间吧！就送给他们一块生肉填肚吧！就把他们当作孩子来对待，由他们去吧，不然他们会做出荒唐事的。

亲爱的，瞧，我已经开始认为，身体过分健康必将导致精神的疾病，那些形体漂亮的男女在我眼里都有精神病之嫌，就像在仇视犹太人的人们的眼里，所有犹太人都是嫌疑分子。有健康的肌体并不等于就有健康的灵魂……我们并非置身于天堂，倘若失去纯洁的灵魂，肌体的发达、各器官的正常运转势必导致兽性。请您不要嫌我残忍，责备我像那些侏儒那般阴险、狡猾，为自己的生理缺陷而复仇……须知这些人也是那些过分身强力壮的人们的受害者。

我亲爱的，令人赞叹的好朋友，我可望乘坐迄今尚无参观者的"登月舱"遨游太空，我已经部分地看到了天体和无限世界的现实，从此我不知不觉地滑到了泥潭中去。更为糟糕的是,我在这泥潭中不能自拔,与可怜的人们、讨厌的数字和可耻懦弱的人们密不可分,我们无一例外,全是些胆小鬼,甚至都不为陷入泥潭感到厌烦。然而,当我们飞上蓝天去寻觅天火时,倘若仁慈的上帝果真存在,也许幸福会从天而降。除非富有头脑、令人赞叹的生灵——我们不具备这种品质——从空间深处向我们走来,从他们那儿在蓝天上打开一条通路,教我们如何生活,如何获得幸福。

总而言之……我就要出发了。眼下尚不能飞往太空。石油吸引着我。现在,人们在巴黎四周到处寻找石油,我看见在城郊的树林里和公路旁处处插着石油公司立的白色小标杆。我就要奔赴人们可以驾驭世界,最为自如地控制已经启动的马达的地方。他们给了我一架飞机。鉴于我的要求很低,一个私办公司终于下了决心,不考虑我的心脏状况……我战绩辉煌,对吧。我就要去仔细探索"痛苦的奥林匹克"。然而,我没有成行就预先感到烦恼,因为我深切地知道"痛苦的奥林匹克"是以什么组成的,知道它的组成部分极为简单,仿佛我们还处于石器时代,仿佛飞行只不过还是巫婆们的想象。制造飞机的人和驾驶飞机的人是不同的。

也许,我就像那位可怜的小伊卡洛斯,会从天上坠落下来,葬身于大海或沙漠,而众人则无动于衷……渔夫继续打他的鱼,农民继续耕他的地,牧羊人只顾仰望蓝天,羊群背朝残骸……这又有何妨,我要以身一试。我是一位飞机试飞员。

亲爱的朋友,在遨游太空之前,请别责备我眼下为这次旅行而抛弃您,我无论如何必须看一看他们的面目。看看他们脑门上有否标记。看看是否可以在街上认出他们。哪里有战争,他们就在哪里。哪里有战争,哪里就有人忍受被侮辱的痛苦。以血还血,强者为王。我将要奔赴与利比亚和突尼斯边境相接的沙漠地带……奔赴游牧者四处飘荡,各部落战争迭起的大漠,奔赴没有尽头的莽莽沙漠。从那儿,我将再奔向我可以驻足的地方,我必须探索……不然,我的内心将恐惧不已。恐惧,可怕的恐惧。

我把您紧紧地贴在我这颗有病的心上,你完全知道,我亲爱的,只要我还活着,我就会要求你歌唱。

布朗诗 57.3.15　于皮埃尔斯

信纸在儒斯坦手中颤抖。这封信未能抵达目的地……布朗诗的丈夫在哪里?布朗诗的丈夫是谁?他是何许人？他的职业是什么？"只要我还活着，我就会要求你歌唱……"这句话的含义是什么？仿佛布朗诗已经得知儒斯坦正在与被一位男子变成疯子的夜莺皇后特莉勒比一起生活……仿佛她说这番话为的是让儒斯坦知道，从此之后，将由她从男人们，不，从一位男子那儿获得歌唱的美。为达到这一目的，只需她还活着，仅仅活着而已，无须做出其他努力！她不是一位斯温嘉莉，她的力量并不是神秘的……为了诱惑她，夜莺将发出最为令人昏头转向的颤音。还有信中影射的伊卡洛斯！他不是也想到过伊卡洛斯吗，想到今日的伊卡洛斯是女子吗？布朗诗简明扼要地描述了布鲁盖尔①的《伊卡洛斯坠海》，而这恰是儒斯坦最偏爱的油画之一！他在脑中想象着她，想象着伊卡洛斯纤弱的大腿露出水面，画面上隐约可见。确实，只有人们知道了她的存在，才能看清她。在这漠然的世界里，正是为了这个世界，一位男子献出了自己的生命。假若布朗诗在战斗中驾机或跳伞坠入沙海，等待她的将会是何种命运？"当我们去蓝天寻觅天火……"这里再次出现了他生存的理由与广袤无限的世界之间的不相称……然而这一次，他

---

① 布鲁盖尔（Pieter Bruegel，1525—1569）：弗拉芒著名画家。——译注

用以衡量自己的是布朗诗巨大的恐惧,是她并非空想的真实存在的可怕的恐惧。她遭受着巨大的恐惧,可他却在照顾特莉勒比!布朗诗在不断地鞭笞着他,她的恐惧是合情合理的,有情可原的,任何正常的活生生的人都该感受到这种恐惧,都该表现出这种恐惧。儒斯坦突然感到自己脑中一片空白,丧失了任何思想,失去了任何目的,失去了工作的热情。他只不过是个懦弱的人,一个无能的人,和芸芸众生没有任何区别,生活在浑浊的世间却从不感到厌烦。他沉重地站起身子,小心翼翼地把信放进信封,然后摆在布朗诗的办公桌上,心想这封信很可能是她伏在这张桌子上写的。接着,他走出了书房……可他又很快返了回来:园子里那遭到破坏和蹂躏的景状,他怎么都不忍目睹。他简直不知自己这副躯体有何用场,不知该怎么办。也许回房间关上百叶窗,想方设法使自己入睡?还是先洗个澡,然后再睡觉吧。他径直走到浴室,池中放满了水,他不知不觉地推上了浴室的门插销……家里别无他人,插上门销,这真愚蠢。为了证实屋子里没有别的人,他不仅拔开了插销,而且还把门大敞着。

洗了澡,他感到舒坦多了。他往床上一躺,美美地一直睡到天黑。醒来后,他穿上室内便袍,出门来到平台上。黑夜里笼罩着迷茫大雾,这夜色是多么美好,儒斯坦不禁穿上了鞋子,下楼来到了园子。时间仿佛凝固了,不再流逝,浓雾持久不散,暖和和的……儒斯坦小心翼翼地在园子里转了一圈。这园子里,坑坑洼洼,千万别摔坏了脑袋。在这里勘探石油!真是滑天下之大稽。行,再把这坑坑洼洼填平,一切将会恢复原样,整齐有序。春天一到,草很快会生长出来,他再种些别的花卉,栽上在巴加代尔堡获奖的玫瑰新品种:"加蒂纳-多纳尔"玫瑰……据说该品种具有现代玫瑰的形状和古代玫瑰无与伦比的馨香,颜色深红。儒斯坦走到栅门旁,他正是在这儿目睹了农民和脚踏靴子的家伙之间发生的那一幕。大雾飘忽,似裙摆掠过麦田,笼罩着白色的小标杆……儒斯坦以为自己看花了眼,紧紧抓住栅门,定睛再看。不,他没有看错:石油公司的小标杆确确实实布满了麦田……可能是他们等众人回家后,趁他们吃饭的时间插上的。可农民们谁也没有想到派几个人放哨。

一切都无济于事。愤怒也好,抡起长柄叉也罢。儒斯坦步履缓慢地回到屋子……要是他刚才出门时衣冠端正,早就驾车瞎逛去了,比如去巴黎。必须回去穿衣。还要开栅门,从车房开出汽车,再关上栅门,再上车。唉,还不如回屋里睡大觉。这种节外生枝的"国家利益"……倘若他们在布朗诗的园子和农民们的麦田下找到石油,布朗诗、农民们和他的生活会有所改善吗？隐名匿姓的"股份有限公司"肯定会生活得更好。布朗诗必须赶紧行动，上天去取来天火。那天火光辉灿烂，却无异味。该死的强盗！私人财产这一概念在"隐名埋姓"的家伙面前不复存在，明天，他们不敲门就会闯入您的房间，睡在您的床上……对，对！私人财产又怎样！为了寻找"他们的"石油，他们无法无天，擅自翻越他人围墙。他们终将睡到布朗诗的床上。她到哪处去辨认那些脑门上可能印有标记的人呢？那些镶有玫瑰木的美丽的墙壁，墙洞深处那些挂着短窗帘的小巧玲珑的窗扉，那些在梳妆台上闪闪发光的绿色、玫瑰色的玻璃器皿……布朗诗离去了，在她的床上，一位脸色苍白的胖男人取代了她的位置，心烦意乱，难以成寐。

儒斯坦从床上爬起，到浴室寻找安眠药……可没有找到。这是什么住房，连收音机都没有！唉，怎么起了怪念头，睡了整整一下午，现在黑夜茫茫，他该干什么去？石油强盗和布朗诗的信在他脑海翻腾，他该怎么办？特莉勒比？起义者雅古？这些名字对他已经丧失了控制力量，呼唤这些名字时，他再也感受不到心潮的激荡……也许他饿了？儒斯坦又换上了室内便袍……从清晨到夜里，他只吃了那一块夹奶酪的面包。

他穿过书房，小客厅，饭厅……楼上的那些房间空着，没有任何用处,他根本不需要。一想到那些房间,他心中就产生了不快的感觉。到了厨房,他吃完了剩下的那块奶酪,连把瓦芳太太为他准备好的汤再热一下都不乐意。他始终没有睡意。勉强去睡,又有什么用呢。

书房的写字台正中,放着布朗诗那封封面上横七竖八涂满地址的信。他该怎么处理这封信?……反正信已被他打开,无法再还给她本人。布朗诗也许住在巴黎的花街?通过将房子卖给儒斯坦的那家房产公司,寻找布朗诗,这大概不会有什么困难。他可以托词说他有封信要转给奥特维尔夫人,希望得到她的地址,因为有时还得替她转信……除非她在天涯海角或登上了太空……那位丈夫……她只向他说过要出外旅行……也许不止向他一个人说过?并非所有信件都会因找不到收信人的踪迹给退回来。这漫长的黑夜里,他该干些什么?如何抵御失眠的折磨?儒斯坦坐在红色皮椅上。所有书籍都令他厌恶……他站立起来,继又坐在写字台前,把装着信札的纸篓拉到面前,又往桌子上一扔……他这个人很迷信,闭上了双眼,从扎成小捆和散乱的信堆中抽出了一封信,这副碰运气的神态,就像从算命太太的手中抽牌,也像从蒙特卡洛赌桌上抽牌:必须让它算出他的命运,是赢是输在此一举……

夫人：

请原谅我冒昧地给您写信。布朗诗，我无论如何必须和您交交心。您能耐心听我说吗？为什么总是别人有幸，而我却从未……

迄今已经很久，已经有许多个岁月，我们俩……度过了如此漫长的岁月之后，您能允许我回忆，不，只允许我提一提往事吗？也许，您早已把它们一笔勾销；也许它们对您来说早已不复存在，消失得无影无踪：早晨，每当您洗一次您那美丽的脸庞，往事的记忆便被抹去一分。我说"很久"，说"已经有许多个岁月"，可我又觉察到，尽管打从那一难忘的时刻之后，我似乎度过了漫长的一生，但与我想象的又迥然不同：布朗诗，您始终那么年轻，尽管您审视男人和照镜子的姿态已不同于往昔。

打从我最后一次"紧紧"拥抱了您之后，我度日如年，得过且过，日子平平淡淡，对什么都漠不关心。我早晨起床，昏头转向，梳洗，穿衣，若时间充足，随便刮一刮脸：我保留了在我们共同度过的时光里养成的习惯，常常自言自语说，不，早上不行，我要在晚上为了布朗诗好好刮一刮胡子。接着，我便出门。买回报纸，什么报纸都不放过。你还记得吗？我什么报纸都读,为此总惹你不耐烦。尽管我们搬了家,但始终保留了那张写字台。还有那些家具,是你亲自为布置我的工作环境挑选的,为了让顾客一看就明白:这是位富有情趣的人。我没有更换职业,一直从事过去的职业。我身边还是那些朋友,为数不太多。……当然,我也失去了几位知心朋友,随着年龄的增长,就像头发,有的变白了,有的脱落了,却长不出新的来。我换了一位女秘书:她与过去的那位截然不同,决不会冒昧把你挡在门口。她定会马上把你引进来。假如你来的话……这一切没有多大意思,难道我好不容易给你写封信,要跟你说的就是这一些鸡毛蒜皮的事?

你知道,事情都是这样:久未相见的人,他们总是要梦想,至少他俩中有一人会梦想……梦想再见面的情景,在梦境中提前度过重逢的时光,一次又一次,乃至上百次地想象重逢时的话语,想象相见时的沉默。可后来,两人果真相见时,却言不由衷,随便扯谈。继而便是分离,心想要说而没有说的话下一次再倾吐吧。明日来倾吐。明日,这意味着十年,二十年后。如果已经度过二十年,十年,抑或……

人们应该始终把自己看作第二天就要死亡的人。将您扼杀的就是您以为面前还有无尽的时间。我在扯些什么？真是残忍的胡言乱语。难道你就听不见在这胡言乱语后面隐藏的那颗跳动的心吗？对发生的一切，我十分清楚。一切如故……我言不由衷，至少是听凭自己言不由衷，故意装出言不由衷。因为我想要倾吐的，我就要明言或暂不明言的，在我心底已经憋了多久啊。上帝啊，我还能在你面前毫无保留地脱去衣服吗？

噢，所谓的言不由衷，只不过是些机械的词语，约定俗成的短语，人们极为喜欢使用，往往致使您一时抓不住人们所想表达的事……我刚才写了这几个字："一切如故……"瞧，我还用了省略号呢！借此机会，我准备引用特里斯唐·查拉①的一段话："一切如故，我的朋友，地狱的门紧贴在药瓶……"谁都有他喜爱的古典名著，对吗？这里仅仅引用一下而已。瞧：我是极力抵制这种堕落的怯懦行为，可下面我却情不自禁要"谈起这类事情"。嗯？你不觉得我陌生吧？不，我没有多大变化。也许有点发福了。胖得不是很厉害。我时刻监督着自己。这是因为我想念你。我常

---

① 特里斯唐·查拉(Tristan Tzara，1896—1963)：诗人、评论家。原籍罗马尼亚。"达达运动"的创始人。——译注

常急得全身冒冷汗地自问:要是她看到我这副大腹便便的样子,怎么办?道理很简单。你是我的医生,我的体操老师,我的镜子,是我的廉耻和意识之所在。这里并没有什么很新鲜的东西。我跟你说过,我没有多大变化。

可是,当你那一天突然对我说:"不,够了,就此为止,别缠着我,再也别缠着我……"你是否自问过这会引起什么后果?你自问过吗?反正你从未问过我,虽然我们还不时相遇,且关系正常,就像好朋友一样交谈。你跟我说话,凝望着我,可我木然地呆着。你不知道你是在和一位死人说话,你的眼睛是在看着一位作古的人。不,我没有夸大其词。你为什么总责备我夸大事实呢?一个已经死去的人是不可能夸大其词的。

对不起。当然,你什么也不会责备。这又是我的一个语癖。我无法抑制自己。我在这儿听到了你的声音。对不起,我是多么不想惹你生气啊。总之,事到如今,我力所能及的只有这些了……不,别这样看着我:我并不是说现在,我力所能及的是惹你生气。瞧,你总把我往坏里想。噢,对不起,我又开始瞎扯了。

布朗诗……既然你叫布朗诗……那么,我们之间唯一亲密的表示,就是直呼其名,喊你一声布朗诗。我在一天清晨给你写信,可你十分遥远,置身于某个月球,你是迈着你那双纤美的脚去那个月球的。那里有电话:刚才,你相当和蔼可亲,不顾重重宇宙之界,给我打了电话,跟我说话,对我说:"是我……"你向我讲述了在那块遥远的土地上你所从事的一切。人们倾听着,赞叹不已,仿佛你在演戏。你问候我:"你怎么样?"我告诉了你我在昨天做的一些琐事,仿佛这才是至关重要的,仿佛你对我以前和以后过的日子已经了如指掌。我对你说,约会原定在十一点,可两次推迟了时间,我甚感烦恼。由于在公路上急于行驶,我忘了告诉你路上没有雾凇。我甚至都没有向你说一声:我爱你! 没有说。然而在电话里,我是会有勇气说的,难道不是吗? 啊,我在信中总算给你写了这句话! 再次请你别生气。

人该粗俗一些。该直呼其名,直言不讳。反正你总不至于打我耳光吧。我当了你多长时间的情人? 八天,两个小时,还是整整一生? 总之,我曾是你的情人。你也许已经忘却,可我终生难忘。对不起,夫人。

真怪,我以为这样的日子会永远没有尽头,以为我还会这样永远生活下去：起床，穿衣，去办公室，口授信件，接见来客……这一切都是为了做做样子，为了能使你有时间舒心地呼吸，在家里一个人自由地生活，慢慢地修剪指甲（你修指甲的姿势至今历历在目：你坐在梳妆台前，张开手指，等待着指甲油变干，避免碰到任何东西……）。但愿这省略号不是我的终止，我还会再回来，再拥抱你，再把你抱到床榻，永远，永远……啊，我再也不能这样放肆地说话，这太寡廉鲜耻了，这使我感到难过，噢，我没有真的落泪……像我这把年纪，哪还会落泪！可我的双眼已经湿润、模糊，我不得不摘下眼镜。唉，过去的事就让它过去吧。

你是否曾自问过我后来是怎么"混"下去的。这个常用的，"最恰当不过"的"混"字不美，是吗？普通人都是这么说的，对不对？为了不突出自己，必须像众人一样说话。你很可能从未这样问过自己，可你是否想过呢？你反正没有问过我。亲爱的，那就让我告诉你吧，我没有混，我一点也没有混。

别这样看着我。别在电话里用这样的眼光看一位看不见你的人。然而，我却始终能看见你，哪怕你在月球上。不管你在哪个月球。你是否认为可以避开我，可以躲藏起来？没有遥远得看不见的月球，人的眼睛可以看得无限远……随着距离的拉开,物品只是变得愈来愈小,而你,你是物品……噢,正如人们说的:"是件爱物。"

有时,我会发疯,会如痴如狂地说"爱"这个动词,你在月球上,听清我说的话了吗?我在说:爱!这个动词为人们所常用,经过了多少人的嘴唇,吸光了多少墨水瓶。它已经成为一个礼貌用语,进入了素有教养的、风雅的人们所用的语汇之列,通常为太太们所用。人们可以在孩子面前说这个词,而丝毫不觉脸红。我可不是这样,你听见了吗?我绝不是这样。当我说"爱"时,我觉得是件淫秽的东西,是卖给罗亚尔官的一幅照片,有一位类似鸨母的人正在把这幅照片往您手中塞。爱!竟然有人随意乱用……就像……就像……我简直想象不出。该听我说,布朗诗,假如你想知道的话,那么我告诉你,我没有胡混。对,我知道,我已经告诉过你。你了解我,我这个人说话好重复。这是个使人讨厌的毛病。随便开个粗俗的玩笑。不,这仅仅是一种变相的自吹自擂。噢,就让我自我吹嘘一番吧。难道除此之外,我还有其他能耐吗……

这里,信被撕了。是布朗诗撕的,还是写信人自己撕

的? 下面还附有一页信纸, 也许是同一封信, 抑或另一封信中的一段, 反正字迹一模一样:

……月球上冷吗? 你有鞋抵御死星球上的寒冷吗? 你至少随身携带了一只热水袋吧? 月球上有热水吗? 热水, 是生活的"奇迹"之一。这是你亲口说的, 我至今还清楚地记得, 这是你的话, 是你悦耳的话。它安慰了发冷的躯体, 安抚了痛苦的心。你那双纤弱可爱的小脚, 想迈向何处? 你的脑袋置在何处? 你总归有一间舒适的卧室吧? 月球上有卧室吗? 我多么想给你送去鲜花。我曾去过波玛娜花店, 打听消息: "可以把花送到月球上去吗?" 小姐肯定没听清我的回话, 回答我说: "当然可以, 先生。我们有长途送花车! 我们到处送花上门……不过, 我不知道吕纳维尔城①有没有茶花……要是没有茶花, 可以给那位夫人送去兰花……有玫瑰兰……现在可以培植各式各样的兰花……"卖花小姐为能满足顾客形形色色的怪要求而高兴, 要是你亲眼看到她那眉飞色舞的样

---

① 法语中"月球"(Lune)与"吕纳维尔"(Lunéville)前两个音节相近, 故卖花小姐可能听混淆了。——译注

子……

月球上有花卉吗？有没有茶花？不管是玫瑰色的还是其他颜色的。要是遇上头疼脑热，有什么花精沏杯饮料喝喝吗？在月球上，薄荷还有味吗？也许那儿只有椴花……椴花，富有月亮色彩。我希望得到一张你在月球上拍的照片。你知道，照片会放在我的相册里……那本非同凡响的相册……你在相册的四个对角上贴上相角，经常装上旧照片，有一个角破了……后来，有人发现那个破角，费了半天劲，也没有把照片固定好，只好随手拿起一本书把照片夹进去，任它们在阴暗的书页中变旧。人们可以看到我的字迹，我那颤颤抖抖的可怕的字迹："布朗诗在月球上饮椴花茶……"噢，你在月球上不是孤独一人吧？你什么都没有告诉我，可我肯定有个男子在你身边，他至少得为你拿宽大的旅行外套吧？那么，在照片上，你身后有个男子，有位伴侣，他态度恭敬地待在一边，就像路人一样，知道不是为他们拍照……很可能是位体育健将，经受了各式各样的可取的体质考验，我指的是科学的体质考验，才有资格成为你的伴侣，在月球上为你抱着旅行外套，毕恭毕敬地待在一边，当然……

可说来说去,为什么选择了月球?还有火星和金星呢……哪个星球更适合你的口味?是火星还是金星?因为你显然是对罗马、布鲁塞尔或罗莫朗坦不屑一顾的……我现在正在地球上渐渐腐烂,等待着葬身地底,彻底腐烂的那一天。我对顾客彬彬有礼。我尽量对玛丽小姐不失礼貌,她是我的秘书。今天上午,她脾气坏极了,因为打字机动不动就卡壳,尽出乱子。我轻轻抚摸着我办公桌的木板面,边抚摸,边又回忆起了往事:那是冬末的一天,天气阴沉。在雅各布街的古董店里,你差人取走了桌上摆着的各种小玩意儿,精致的韦奇伍德①陶瓷和小巧玲珑的铜制品,对我说:"我想这张桌子当你的办公桌正合适……桌面够大的……"这一天,你当着古玩商的面,用"你"亲切地与我说话。咱们就像是一对新婚宴尔的夫妇。

月球上有新婚夫妇吗?有古玩商吗?有英国家具,表面光滑漂亮,亮得都可以照见自己……我心里边想念着你,边把手平放在桌面上,就仿佛在抚摸着你,这是多么温柔啊。

---

① 韦奇伍德(Josiah Wedgwood, 1730—1795):英国著名艺匠、工业家,尤擅长陶瓷制造术。——译注

> 对不起,夫人,我再也不这样做了……

这里有几行字用另一种墨水小心地涂掉了,这是一种不变色的蓝墨水。被涂掉的?是那位男子还是布朗诗涂掉的?……如果布朗诗真有其人的话。落款也不清楚。落款下面轻轻地画了一横,又写了几行字,像是"又及"的字样:

> 啊!由于你,我又重新读了《特莉勒比》。让我再次读它一遍,这太不人道了。对我来说,一切都颠倒了位置。如果我再也不歌唱,再也不能歌唱,那是因为我妻子再也不允许我歌唱……

儒斯坦把信放回信封。他紧抿双唇,发出哼哼声。他妒火中烧,为得不到爱而嫉妒得难以忍受。白色玻璃灯发出的那圈亮光下,举世闻名的大导演儒斯坦·梅朗头倚着布朗诗写字台上的垫板,神经质地发疯似的哭泣着……

一线阳光透过没有拉严实的窗帘,溜进房间,落在他身上,他脸颊埋在信札间,浑身酸疼。几点了?七点半……他迈步前去打开了巨大的帷幔,太阳俨然是只雄狮,扑进房间,在书籍金色的脊背上和儒斯坦那圈乱糟糟的头发上抖动着发光的狮鬣,即刻抹去了白色玻璃灯发出的那月光似的淡淡的亮光。一个金光灿烂的大晴天!儒斯坦凝望着堆在写字台上的所有信件,然后拿起纸篓,将信统统扔进篓中,继而把纸篓放在地上,伸了个懒腰,发狂般地打了个呵欠。无聊透了!他显得滑稽,可笑!

儒斯坦冲了个澡,穿着裤头做了做运动操,呼吸呼吸新鲜空气,上床躺下,马上又起来……真是噩梦困扰的一夜!白天,要尽情漫游一番……到巴比松去兜一圈,为什么就不行呢……说到底,儒斯坦还没有完全从《特莉勒比》的创作构思中解放出来。突然,他对《特莉勒比》的外景发生了兴趣。

在枫丹白露,他遇到了不少游者,吸引他进"英国饭店"喝了一杯酒,用了晚餐,直到天色很晚时方才回家。枫丹白露,真是个迷人的地方。那里的人没有怎么惹他厌烦,恰恰相反,他耳闻了巴黎的最新消息以及电影界的近况,为此而感到高兴……人一旦离群索居了一段时间之后——不久就要整整两个月了,真不可思议,时间过得太快了!——真的,隐居了一段时间之后,与别人聊聊,哪怕只随便聊上一会儿,这都是令人愉快的。

在他眼里，布朗诗的房子显得凄凄惨惨，就如一位妻子久久地等待着您回家，最后忍不住倦怠地睡了过去……她逆来顺受，对您毫无怨言，但这反而使您更深切地感到您的自私。瓦芳太太里里外外，上上下下，把房子彻底清扫了一遍，这却给房子添上了异样的悲切景象……瓦芳太太确实趁儒斯坦不在家，把一切都整理得有条不紊，井然有序，但房子因此而显得空空荡荡，让您看了要悲伤一阵，至少得经过二十四小时，等房间重新恢复原来乱七八糟的样子，悲伤才能消失。屋子里的椅子被推到了墙根，饭厅的桌子重新上了蜡，平素放在桌子中央作装饰用的那只杯子不见了踪影……这个可恶的瓦芳太太，连把园子遭受蹂躏前采摘的那几枝花都给扔掉了，显然是借口这花早已枯萎凋谢。

书房里，同出一辙：或多或少，一切都变动了位置，有的物品被推到了右侧，有的推向了左侧，破坏了自然的秩序……红色皮椅，白玻璃灯已不在原位，连书架上的书也往里面推了推……抹布很可能没放过任何一个角落。但是，纵然瓦芳太太移动家具和杂物，让整座房子好好地通了通风，布朗诗却依然存在，无处不及。仿佛她像糖一样溶化在一种液体中，虽然看不见，却确实存在，给整个液体添上了甜味。儒斯坦不能不看到这一点：事情确实如此。

儒斯坦坐在写字台前。今天,他已经玩得够开心的了,无拘无束地尽情地玩……人们不是这样来形容年轻人的嘛,说他们放开胆子闹荒唐。反正,他消遣了一番,参观了巴比松,遇到了并不令人讨厌的游者,现在感到心情舒畅,精力充沛,准备继续创作《特莉勒比》。他最后做出了决定,选择《特莉勒比》,放弃《起义者雅古》。十点刚过,夜晚只不过刚刚来临,等待着他的有整整一夜的时间。儒斯坦精神抖擞。他整个儿投入电影脚本的创作中去了。

里特尔·比利认出了特莉勒比……神奇的斯温嘉莉就是特莉勒比!他突然恢复了足足丧失了五年的神志,仿佛全身麻醉过后,痛苦地呼喊着清醒过来——这位尽善尽美的人物,这位非凡的斯温嘉莉,原来就是人们认为配不上他、从他手中夺走的特莉勒比!失而复得的爱情火山势必像原子裂变一样突然爆发,这位高尚、正派的小伙子痛苦万分,怒火燃烧,忍不住破口大骂,如同一位处女嘴里喷吐出骂人的粗话,就像在教堂里出言亵渎神明……特莉勒比!世间谁能配得上为她洗脚,她就是斯温嘉莉,把所有偏见和科学定理统统踩在她那美丽绝伦的脚下,就像在歌唱时踩着人们轻轻放在他脚下的软垫!一方是特莉勒比和里特尔·比利,他们是创造力的纯洁无瑕的代表;另一方是斯温加利,他是只"蜘蛛猫",想方设法要把他俩驱逐出自己创建的天堂。然而斯温加利知道他对特莉勒比的一切控制力量都是人为的,特莉勒比只不过是他的才华借以起作用的不知不觉的工具,因此很自然,她心里爱的是里特尔·比利。斯温加利身染重病,无法指挥乐队,但人们把他安置在正对舞台的一个包厢里,他在那里用自己的目光支撑着斯温嘉莉……他胡须乌黑,但脸色极度苍白,置身于包厢,包厢挂着金光闪闪的红色帷幔……他朝观众看了看,认出了里特尔·比利……斯温嘉莉身着饰金长裙,头戴小巧玲珑的星冠,款步登上了舞台……一只软垫轻轻塞到了她的脚下……斯温加利从包厢里看到了里特尔·比利投向特莉勒比那含情脉脉的目光,脸上不禁露出恨得发疯的神态,像只野兽般龇牙咧嘴,妒忌得就要死去!他即刻就要停止呼吸,以报仇雪恨!他抛弃他的工具——斯温嘉莉,舞台上只有特莉勒比!善良、纯朴的特莉勒比,她不会歌唱,手足无措……"唱呀,夫人,可您接着唱呀!"乐队指挥恳求道……特莉勒比开口唱起了一首古老的歌曲,昔日,她在画室时常唱这首歌,可她走了调,出奇地走调……简直不堪入耳!……整个剧场在乱吼,嘲笑声、讽刺声嘈杂一片。此间,特莉勒比被带到了后台挂着红色帷幔的包厢里,复仇的斯温加利挺着那具一动不动的僵尸,脸上挂着微笑……

这将是一部反潮流的影片。古色古香,具有乳白的淡色彩。整部影片的力量在于爱情本身。这是一个人们在肉体上为爱情而死的年代。爱情使生活脱离了其法则和规律,爱情的力量引起了有悖于科学和长久存在的社会习俗的混乱。影片必须力戒以超自然的力量为遁词,同时力戒对超自然现象做出任何解释。展现在观众面前的应是一种轻松诙谐的生活:轻佻的女子,女门房,艺术家和艺术工场那嬉笑打闹的场面,一位素有教养的和蔼可亲的小伙子,他富有天赋,纯洁且谦逊……可爱情生活却不遂心愿,遭受灭顶之灾,洪水泛滥,烈火燃烧!……那特莉勒比呢?这是一位南方姑娘,可以倾听到上帝的呼唤。只用蓝天作衬托。儒斯坦是多么想拍这部影片,倘若能拍摄成功,将会是多么欢悦!这部影片毫无裨益?谁敢展现"超自然"的力量在这个世界确实存在着?

这是一部预言性的影片,这就是这部所谓毫无裨益的影片的价值之所在……如预言过分羞羞答答,影片会显得可笑,现实往往超越这种似说明而又没有明言的预感。在某些条件下,我们所拥有的力量可以发挥出来,而某些现象……再说,德洛特-邦代尔在他的信中已经说得清清楚楚,内容大抵如此。到时再看,看拍个什么样!

发疯的夜莺皇后,善良、美丽、神圣的特莉勒比再也不会歌唱,住在里特尔·比利的房间里,比利的母亲对她精心照料,周围簇拥着昔日的朋友,但她最后奇怪地衰竭而死了。令儒斯坦·梅朗感到为难的是寄给特莉勒比的那幅斯温加利的神秘的肖像画,弄不清到底是谁寄给她的……这幅肖像栩栩如生,以至于在病榻上奄奄一息的特莉勒比又处在斯温加利的魔力控制下,她又神奇地轻声唱起她那支天鹅之歌……为什么会出现这幅肖像?不,儒斯坦·梅朗用不着这幅蹩脚的肖像,也完全有能力让特莉勒比重新歌唱,重新获得她的歌唱艺术……她低声歌唱,渐渐入睡,里特尔·比利跪着呼唤着她:"特莉勒比!特莉勒比!"可她却声音微弱地连声喊道:"斯温加利……斯温加利……斯温加利……"接着,令人赞叹不绝的特莉勒比停止了呼吸……难道还有必要表现里特尔·比利不久后随特莉勒比来到了坟墓,为双重地失去她而彻底地绝望吗?殊不知她临终时,唇间发出的是对斯温加利的呼唤。里特尔·比利渐渐丧失了生活的愿望,再也不能绘画,几乎都要疯了……人们看了以后定会认为,在这里,艺术战胜了其他各种情感,斯温加利的艺术天才比他在人间的表现,比他的可恶的灵魂要强大得多……他的所作所为得到了原谅,原因就是他富有天才。

表现艺术的超自然力量。到时再瞧吧,边拍边看吧。

人们不是已经就要奔赴月球了嘛,世界在无穷的空间里仅仅是一个"月神园",里面有行星的旋转,行星的飞射,星星的相撞,滑车道高低起伏,令人头晕目眩……引力!单单一个人的引力超过了宇宙力量的总和,这一引力在人死亡之后还继续存在,附在他的亡灵上。

儒斯坦·梅朗在脑中深刻地掌握了影片《特莉勒比》的各个组成部分,就像一位儿童手中紧紧捏着一枚一百苏的硬币:用它干什么都行!他应该感谢布朗诗,感激她的住处的气氛,感激写给她的那些书信……那些信放到哪里去了?写字台上,纸篓已经不翼而飞。

儒斯坦在写字台附近,在自己的脚下,上上下下找了个遍……纸篓到底到哪儿去了?他不禁惊跳起来……瓦芳太太进行了大扫除!他连忙向厨房跑去,说不定还来得及!……他在黑暗中穿过小客厅,饭厅,不时撞上家具、摆设……到了厨房,他打开了灯:果然不错,纸篓就摆在炉灶边……几乎在同一时刻,他一方面感觉到厨房暖烘烘的,一方面又发觉了纸篓空空的,找不到一片纸屑。儒斯坦双手颤抖,打开了炉膛,只见里面一层白白的灰烬,几块木炭泛着红光,劈柴和书信已经化为灰烬……

"不!"儒斯坦·梅朗大声怒吼道,"不!我不答应!"

他向后退去,跌坐在一把椅子上,脑后的那圈头发全都竖了起来,两只眼睛木然地盯着敞开的炉膛,里边又燃起了冠形的小火苗,火苗轻轻地跳跃着,宛如一块生日蛋糕上摇曳的烛光。

"不!"他低声重复道,"不,我不答应!"

他手中唯一掌握的没有发黄、没有褪色的活生生的一切,顷刻间化为乌有,彻底消失了。无论是蓄意谋杀、过失杀害,还是纯属流弹作的孽,这并不重要,反正已经致死,一切全完了。尸体、尸首……布朗诗,她的生活,她的私生活,特莉勒比,电影……一切全在这火中灭亡了。小火苗慢慢聚合在一起,形成了一条巨大的火舌,独自在跳蹿,仿佛里面还可燃烧的一切在迫不及待地要烧光燃尽。炉灶上,又放上了那台小型洗衣机。瓦芳太太是位精明能干的妇人,办事认真负责的妇人。儒斯坦曾吩咐她把厨房里的火生起来,驱驱四壁的潮气,她一丝不苟地照办了,而且还借此机会又洗起了衣服。厨房里暖暖的,这并无恶意,灶膛里的那根火舌火势已去,已经奄奄一息,正在无力地舔着那台愚笨的洗衣机下方的灰烬。儒斯坦始终坐在椅子上没有挪位,听到了钟声鸣响。黑洞洞的灶膛里已经看不清任何东西。他站起身子,像位病人,步履不稳而缓慢地向前走去,穿过了饭厅……钟,钟,钟……他再也弄不清充满他脑际、耳畔的是什么声音,是丧钟,是号角,还是汽笛……

等他走进小客厅,他才发现窗扉红红一片……儒斯坦连忙打开通往园子的门:钟声、汽笛声震耳欲聋,在火红的晃动的空中回荡!着火了!汽笛一阵狂鸣,继而消失,紧接着在似餐具击地的噼里啪拉声中重又尖叫起来,随着那有力的当当钟声,汽笛声一阵紧似一阵……火!围墙另一侧的公路上,人们在飞跑,在呼喊,汽车、摩托车在急驶……儒斯坦跑向栅门,来到了公路上……

"火,工厂着火了!……"一个人大声回答他的提问,连脚步都没有停。

儒斯坦迅速跳上汽车,驾车朝众人去的同一方向驰去。

村寨居民做工的那座塑料厂大火熊熊燃烧。四周围着黑压压的人群,一些警察在挡着他们,整座工厂早已成为一片火海,喷射着条条火舌,烟火漫天,看去实在可怖。大火向四处蔓延,火红的血流慢慢注入大楼的每一根房梁,按照这一清晰的大火脉络图,人们完全可以研究这一建筑的结构、框架……上方火光晃动,高低起伏、合拢、撕裂,像是一只只红色的帽子在摇晃……大难的深渊里,挣扎着一些小小的黑色身影……世界的其他一切全都笼罩在黑暗之中,天空、田野不复存在。突然,大楼的中坚部分坍塌了,房梁纷纷坠地,溅起无数火星,映照着此处和彼处那一张张一动不动的面孔,那面孔似黑夜一般阴沉……警察拼命顶住人群……猛烈的喇叭声通报其他消防人员的到来。他们不看任何人一眼,从默默地往两边闪开的人群中间穿过,身后拖着不断展开的水管……

儒斯坦在大火熄灭前离开了出事地点,向停在远处荒地上的DS轿车走去。随着他渐渐离去,夜空愈来愈明亮:大火将大自然投入了黑暗世界,犹如舞台前的成排脚灯,照亮了演员,但整个剧场陷入了昏暗之中。尽管空中还回映着玫瑰红色的火光,但星星和月亮终于又在各自的位置上出现了。儒斯坦上了车,启动了马达……

公路上,还有不少人向着火的地点奔来……那巨大的火灾肯定在遥远的地方都可望见,人们从四面八方赶来,占了整个路面,如同巴黎游行日子里的街道,拥挤不堪。儒斯坦慢慢地开着车。车外,回响着焦躁不安的声音。最后,终于恢复了安静,儒斯坦才得以加大油门,加速行驶……那些信……是那一堆化为灰烬的旧信札点燃了导火索。可怖……村庄可怖的节日。真可怖。信札为自己复了仇。斯温加利那张极其苍白的面孔出现在红绒色的火光中……这是布朗诗的"月神园"的进口!布朗诗住处的厨房里点燃的那一火种发布了大火燃烧的命令。盛大的节日。无辜的瓦芳太太点燃了一枚炸弹的导火索,整座工厂即刻着火,熊熊燃烧。儒斯坦·梅朗驾车朝"死马"营地方向驰去。为什么驰往这一方向?到那儿去干什么?不为什么。什么都不为……不,可是否要到那儿去寻觅什么东西?风透过敞开的车窗钻进车内……奔驰的小车两旁,树木飞快地闪过,树林却茫无尽头……汽车终于钻出了树林,似一只被追赶的野兽从小客栈门口窜过,客栈黑暗一片,看不见一束闪烁的灯光。小车紧接着咯吱一声向右转弯,开始爬坡,左拐右转,车轮在柏油公路上发出沙沙的摩擦声。儒斯坦·梅朗登上了"布洛肯山"[1],登上了"秃头山"……然而他感觉到并非就他一个人,身后听到了紧紧追赶的铁蹄声:咯嗒,咯嗒,咯嗒……莫非是人们埋怨他,追逐他,抑或是那些"死马"正奔向山顶去约会?一些女巫婆骑着死马!"怎么回事?"儒斯坦·梅朗自言自语道,"我并非置身于洛尔加[2]的戏中,我只不过是驱车去'死马'露营地,因为我无论如何得找个地方走一走,散散

---

[1] 作者将此山比作"布洛肯山"。布洛肯山在德国,相传是巫女们和魔鬼们幽会的地方。歌德的《浮士德》中有此描写。——译注
[2] 洛尔加(Garcia Lorca, 1898—1936):西班牙著名小说家,戏剧家。——译注

心……"可是,他继续听到身后那穷追不舍的阵阵马蹄声。

车轮咯吱一声,小车驶过了最后一个弯道口,如同一列特别快车越过了守道员小屋,轿车从那个马蹄形的小建筑面前一闪而过,里面一束微弱的灯光闪烁了一下,紧接着又消失了。儒斯坦驾着车,像阵风似的飞速穿过高地,吱嘎一声,把车停在那座白色的盒子似的房子前,上面标着"酒吧"的字样。他的车子一停,身后的马蹄声随之戛然而止。儒斯坦跳下小车……

风立刻困扰着他,刮起他的头发和上衣的下摆,裤子被吹得像螺旋,紧围着他的双腿摇动。他置身于云雾之中,团团浓雾好似老巫婆那披散的乱发,在面前飘忽。迷雾紧紧包围着帐篷的顶部,月光怎么也无力把它刺破。儒斯坦弓着腰,仍向天穹前进,云雾之上的天空一片玫瑰红色:塑料极其易燃,烧得天空染上了一层美丽的夹衣糖果似的粉红色!儒斯坦只顾仰首眺望,脚下不小心绊到了一个紧绷帐篷的绳束,狠狠地被摔了一大跤。这绳索简直就是坑人的绊脚玩意儿……与此同时,他耳朵又隐隐约约地听到了从遥远处传来的"咯嗒""咯嗒"的飞奔的马蹄声。漫漫黑夜,是精灵、幽灵的天地;茫茫夜色,也许可能会向您默启某个秘诀……他在帐篷的迷宫中行走,漫无方向地乱转,内心恐慌不已,心想,自己再也走不出去了!"咯嗒"

"咯嗒"声还是不断,而且还愈来愈响,步步逼近……他是否做了个梦?要么刚才经过马蹄形小屋时,真的看见了小窗户里闪烁的灯光?此时此刻,任何一个人都会有助于他克服恐慌的心境……他在迷宫里艰难地东拐一下,西转一下,看样子永远在原地团团乱转。突然,他瞥见了那几排水龙头,这才松了口气,那一扇敞开的帐篷小门呼呼直响,仿佛一齐欢迎着他的光临……儒斯坦奔跑着,迫不及待地要返回公路。通往"马蹄"小屋的小道奇迹般地出现在他的眼前。齐膝高的野草像刀刃一般锋利,直割他的裤腿,荆棘丛生,紧紧拉着他不放:儒斯坦行走艰难,几乎寸步难行!他终于来到了"马蹄"小屋前……不,他没有看错,里面真的闪烁着灯光。儒斯坦步履缓慢地走到窗前,前额贴着窗玻璃:借着一束烛光,他隐隐约约看见了一个人,这人背朝着他,很可能就是男爵……也许是,或许就是。只见那人坐在一张小凳上,凳子很矮,他两条长长的大腿根本伸不开,膝盖上架着一只小旅行箱,他把旅行箱当写字台用,正弯腰在写着什么……儒斯坦久久地望着他写东西……也许是给布朗诗写信?除了给布朗诗,还能给谁写信呢?儒斯坦没有伸手去敲窗玻璃。恰恰相反,他小心翼翼,轻手轻脚地慢慢退去。因为他担心被发现,也担心看到男爵霍地站起身子,朝他投来那异样的目光……这人已经像只空心的核桃,他的目光和声音必然……儒斯坦朝来路退去,一想到那个幽灵似的人可能是在给布朗诗写信,心头陡然产生了不快……竟然给布朗诗写情书,与她谈情说爱!

其他那些情人呢?……无论他们身处何方,在车站饭店也好,在美国的酒吧也罢,无论是在观察实验室,在巴黎某座大楼的深处,还是在天涯海角,他们都可在各自的办公室自作多情,给布朗诗写信……这些家伙都是幽灵,他们竟给有血有肉、活生生的真实存在的布朗诗写信求爱……儒斯坦回到车旁。这里是高地的最高处,大风在呼啸、旋转,可速度渐渐放慢,即刻就要停息:风已经气息奄奄……月亮好似挂在一间寒酸的客房里的一盏油灯,天上玫瑰红色的反光渐渐消失了……人们就要关闭"月神园",也许因为缺少观众,演出马上就要结束。

儒斯坦登上汽车,掉头……他缓慢地行驶,顺着公路下山,柏油公路在月光的映照下,乌黑闪亮。"咯嗒"、"咯嗒"……这声音又响起来了。死马在追赶着他!儒斯坦加快车速……马也加速奔驰。DS轿车飞驰,很快上了国家公路,可是车速越快,马蹄声越急,越清晰,渐渐地竟与车子靠近了,儒斯坦只觉得一阵狂风从他身边一闪而过……马蹄声愈离愈远,在他前面消失了。眼前,突然灯火闪耀……噢,原来到了萨克莱研究中心。

这里是一块宽阔的场地,四周围着高高的白色栅栏,灯光闪烁。看去,如同一个营地,打开四周明亮的灯光是出于安全需要……任何人、任何东西胆敢靠近栅栏,必然置身于这片无情的亮光之中……眼前空旷一片,阒无人影,却灯火辉煌,这场面看了真叫人感到惊奇,俨然是一个空荡荡的剧场,却不见观众的影子。儒斯坦在基督·德·萨克莱道口的红灯前停下车,转过身子,只见远处研究中心的灯光弯弯的一片,呈月牙形,令人想起尼斯海滨那点点闪烁的灯火……对,那场地就像是个大海,热闹的海滨,无穷的欢乐……左右侧没有任何车辆来往,何必在这红灯前等待呢,真傻。天色已晚,已经很晚……我去何处?儒斯坦在心里自问道。去巴黎,可这怎么行呢?他离开布朗诗的房子时,门大敞着,灯也亮着,所有用品都没有带,还有特莉勒比也丢在那里……一辆卡车在他后面停了下来。唉,绿灯终于亮了。儒斯坦在宽阔的公路上行驰,路上空荡荡的。整个世间都是空空的……也许在那里,一些汤姆式的不被人知的勇敢的人们正在从事科学研究,为他人的幸福不惜冒着生命的危险……啊,在布朗诗的"月神园"里什么人都有,既有默默无名的研究人员,也有世界闻名的导演。

在克拉玛圆点街口，又出现了红灯……除了旁边那辆已经追上他的卡车，周围不见任何人影。儒斯坦紧握制动器，突然，右侧的路口出现了一长队卡车。儒斯坦清清楚楚地看见了第一辆卡车的驾驶员把臂肘耷拉在车窗外……可后面的车子里，没有任何人！这些车子在自动向前开去！儒斯坦把脑袋探出窗外……他更喜欢那死马的奔驰！

"是雷达控制……"儒斯坦边上的卡车司机坐在驾驶座上说，"这可千万不能失控，谁知道他们把车子开到这边来干什么。"

那些卡车继续向前行驶，车与车之间严格地保持同一的距离。等绿灯闪亮时，卡车已经开出很远……旁边的这位卡车司机轰隆隆地启动了马达，车上那标着"肉类"字样的白色冷藏柜像堵高墙似的，从儒斯坦的车旁一闪而过。

宽阔的公路，灯光明亮，两旁，新巴黎已经不再是缥缈的计划、凭空的想象，一座座高楼拔地而起，突破了神圣的光轮……不过，建造房屋比育树要快，人们迄今还没有办法抓住绿色的树苗从地下往上拔，催它们快长。不过，人们移植了整棵整棵的大树，再说……

儒斯坦来到了巴黎城的上方，透过楼房之间的空隙，巴黎隐约可见。巨大的巴黎城显得无比神秘。公路中断了,车子开进了一条狭窄的街道,这下完了:儒斯坦被巴黎紧紧地夹住,透不过气来。巴黎的上空犹如一只巨罩,儒斯坦自投罩内。这是一只干酪罩,巴黎城看去像块格律伊尔奶酪,一块加芝贝尔奶酪,或罗什福尔奶酪……天空也酷似一只钟罩,罩着放在壁炉上的挂钟,钟上的指针已经不再移动……或如同一只新娘子遮花冠用的钟形女帽,也像是一只笼罩着一枝树丫的罩子,树丫上栖息着五颜六色的极乐鸟。被天空笼罩着的巴黎城就是这副样子,令人窒息。

儒斯坦在巴黎城内行驶。他狂热地爱恋着布朗诗。

巴黎的街道空荡无人。在蒙巴尔纳斯,停着一排出租汽车;残老军人院的穹顶,灯火辉煌;法兰西学院……儒斯坦不想回家,他的那一幢私人住宅就坐落在残老军人院的附近……他打算去旅馆。对,还是走着瞧吧。什么?啊,这事……他缓缓地开着车,心里自问在这时辰,到底还能有什么地方可以停下车子喝上一杯热牛奶……或许在法国剧院广场的"摄政"咖啡馆可以歇一歇。巴黎城是多么奇特……这一座座房屋,为数甚少的出租汽车,稀稀落落的行人,仿佛在巴黎居住,在巴黎生活,一切都很正常。人们对巴黎的生活已经习以为常。就是每个人都死了,巴黎的一切仍旧照常进行。只要人一离开巴黎,也就不再是巴黎的人了。

儒斯坦在"摄政"咖啡馆门前停下车子。里面已经没有一个人。男侍认出了他,尽管十分困倦,仍然笑脸相迎,为他去端热牛奶。

"我去看看,梅朗先生。"他说道。

儒斯坦独自一人坐在乱糟糟的餐厅里。一些人从他面前走过,像是从饭店的后门走出来的,他们一个个丝毫不加粉饰,精疲力竭,可能是掌勺的、洗盘的……巴黎,实在是怪,巴黎……长凳上丢了一份报纸,儒斯坦差不多已经两个月没有阅读报纸了。他打开报纸,摊在桌子上。第一版的一个大标题赫然入目:

布朗诗·奥特维尔
十天来杳无音讯

紧接着,是小字体的报道:

布朗诗·奥特维尔在撒哈拉大沙漠上方失踪后,她驾驶的飞机一直杳无音讯。十天来,我们派飞机在天上搜寻,但不见那架飞机的踪迹,布朗诗·奥特维尔能否活着回来,看来希望渺茫。

法兰西的飞行人员十分悲哀。布朗诗·奥特维尔是最优秀、最勇敢的飞机试飞员之一……

房产公司的经纪人把钥匙委托给瓦芳太太代为保管：她是否愿意引人来看儒斯坦·梅朗的住房？皮埃尔斯是个偏僻的地区，这座房子百叶窗紧闭，谁也没有来看一看。

在那座化为灰烬的工厂的原地上，又建了一座新的工厂。塑料，实在易燃。在工厂旁边，同时修建了一个工人住宅区，白色的墙壁，红色的屋顶，全是一模一样的小房子。尽管这家工厂是个无名无姓的股份有限公司，但怎么也得有个头头，维纳斯克先生便是这家工厂的大老板。人们传说他对皮埃尔斯那座百叶窗紧闭的房屋颇感兴趣，将来此地区安家落户。但传说可能有误，这儿的传说多得很，不可全信。一来那座房子不适合维纳斯克先生居住，二来他虽然置了一块地产，但不在皮埃尔斯，而是在工厂的另一侧。人们亲眼看见那儿已经破土动工，开始兴建一幢别墅：现代化设备样样齐全，房子宽敞，装上众多的玻璃窗。此外，维纳斯克早已成婚，他的夫人正怀着第二胎，看来他是绝不会到皮埃尔斯这座破旧的房子里安家的。绝对不可能。

不过，儒斯坦·梅朗倒是在皮埃尔斯露了面：那是在瓦芳太太的家，就在食品杂货店的后屋。这间后屋既当厨房又当饭厅,瓦芳太太不久前赊账买了一台电视机,也放在这间屋子里。一天晚上,她在小银屏上看见了梅朗先生。这次见面如此突然,她不禁失声大喊:"上帝啊,是他……"瓦芳太太的妹妹正带着小女儿在这儿度圣诞节,看见梅朗后也极为惊愕。怎么,这不就是住在后面那座房子的先生吗?他离开时,门窗大敞,灯火明亮,什么个人家什都没有带走。"对,没错,就是他。可我的天啊,你安静点,让娜,他到底在说什么,我一句也没听见!……"

儒斯坦·梅朗和另一位男子坐在一张桌子前,背后是一排书架,他正在悠闲自得地叼着烟斗抽烟。梅朗先生黑白分明,眼圈黑黑的,尤其是眼睛下方,黑得更是厉害;圆圆的脸颊白白的,一边露出一个黑色的酒窝。突出的前额很白很白,脑后那圈光晕似的头发……瓦芳太太整个儿转过了身子,她惊诧不已,再说看电视还不太习惯,尤其是梅朗先生不辞而别,这次又突然与他相见,与平日看到的一模一样,在红色皮椅上抽着烟斗;啊!这场面,瓦芳太太看了怎能不又惊又喜……梅朗先生好似不知道自己出现在瓦芳太太家,正和另一位先生谈得火热,那阵势就好像没有任何旁人在听着他们说话,在看着他们……

"儒斯坦·梅朗先生,"那位留着刷子一样的短胡子、身材矮胖的先生开口说道,"首先,请允许我代表法国广播和电视公司对您在即将动身进行伟大的探险的前夕,在百忙之中抽暇接受我们的采访,表示衷心的感谢。你最近推出的《生活在明天开始》这部影片获得了巨大成功,这在你的电影艺术生涯中也是前所未有的。继这部影片之后,您还有什么打算,梅朗先生?"

紧接着,瓦芳太太听到了梅朗先生的声音——啊,真是他的声音!——以及他在烟灰缸沿上磕烟斗的"嗒嗒"声……

"我即将去非洲的大沙漠拍摄一部影片……这部影片将表现从撒哈拉沙漠的地底开采石油的先驱者们做出的惊人努力……明天,我就要带领摄制小组出发去进行拍片前的实地考察研究工作。我想……"

可那个粗俗的家伙,竟然开口打断了他的讲话!

"我猜想,这不是一部纪录片吧?"

"不是……这是一部故事片……但它要求翔实可信的第一手材料。我打算深入到莽莽大沙漠,到生活在那里的人们中间去。我所想象的,以及我在欧洲耳闻的有关他们的一切,也许都过分神奇,难以令人置信……无垠的沙漠上,游牧的人们常年漂泊,村落随时随刻都要迁移……图阿雷格①人英俊、漂亮,领主们的封建领地辽阔无比……那儿正在进行战争,但他们热情好客,按照传统的惯例,只要来您家做客,哪怕是男女俘虏,都可以当作贵宾相待……我想象有一位妇女,这是一位年轻、勇敢的法国女郎,不慎落入了他们的手中……这位妇女就像布朗诗·奥特维尔……"

"布朗诗·奥特维尔?您到底要作何设想?设想她没有与她驾驶的飞机在撒哈拉沙漠上空失事身亡?设想她被迫降落,被巴勒斯坦解放阵线俘虏了?"

儒斯坦·梅朗一动不动地坐在椅子上,回答道:

"……我想象她还活着。谁也没有亲眼看到她飞机的残骸。谁也没有发现她的尸体或骨骸。在这酷似月球的莽莽沙海上永远走下去……沙海闪烁着金银色的光芒……当人们在地球上仰望月亮时,朦朦胧胧的影子使那一轮盈月变得如同人的脸庞……然而,要是人们登上月球,它会变成何种样子!在那困难重重的无垠的大漠上,人全依仗着其精神力量的支撑而生活!布朗诗拥有强大的精神力量。在当今世界,伊卡洛斯是女性。布朗诗·奥特维尔不顾心脏病,毅然成了一名飞机试飞员,为了探索、

---

① 撒哈拉地区的游牧民族。——译注

征服或战斗而献出了自己的生命……也许她还活着,被一个秘密的伊斯兰教隐士集团或一个敌对的宗教团体囚禁着……或许她还生活在那些仍然处于中世纪的游牧部落中间。除非她已经从他们手中逃了出来,继续在沙海中行走,偶然与一支欧洲战斗部队相遇……亲眼看见了战争的场面,经受了极度的不安……不仅仅是精神的不安,同时也是肉体的痛苦!布朗诗·奥特维尔……"

"您与她相识,梅朗先生?"

唉,这家伙,他可千万不该让梅朗先生回答这个问题!必须马上打断他的话!

"唉,与她很熟悉……可以这么说。不过,并非真正意义上的熟悉。我是多么想找到她,这位真实存在的女性……"

"可是,"那个家伙又问道,"您是指在您的影片里,还是指别的事?……据我所知,事实上……"

这一次,儒斯坦·梅朗开口打断了对方的讲话。

"指在影片里,"他说,"在影片里……我们是在讲影片嘛……"

突然,银屏上只剩下了儒斯坦·梅朗的脸庞,这是一个面部特写镜头。镜头的灯光刺得他眼睛微微眯起,正直接看着瓦芳太太!这双眼睛黑晕圈很深,吞噬了他的双颊。脸颊上方,那额头煞白,布满皱纹……瓦芳太太不禁把椅子往后挪了挪,激动得热泪盈眶……

"我们一定会找到活着的布朗诗·奥特维尔。"他对瓦芳太太说,只见他脸上闪现着欣喜的光芒(一辆卡车在沿岸地区奔驰)。"她本该乘坐火箭,参加人类的首次登月旅行,这在她失踪后发布的生平中有记载……"梅朗先生把眼睛转了过去,"地球,地球引力仿佛挽留住了布朗诗……这是事故,对吗?……后来,布朗诗不得不徒步跋涉,她没有指南针引路,在大漠上不停息地行走。请想象一下她可能会经历的千难万险……她习惯于飞行,行动时,拥有用现代技术装备起来的各种仪器!可是她最终还是找到了水和人……她会回来的,她绝不会耽误去行星星际旅行!这没有什么不可信的,对吗?"

面部特写镜头消失了。瓦芳太太又看到了梅朗先生坐在椅子上,身边是那一个留着刷子一样短胡子、身材矮胖的人。

"我毫不怀疑,经您一番创造,事情变得真实可信了,梅朗先生!可是,这部新影片,您已经定下片名了吗?"

"定下了……叫《月神园》……"

"好啊!……《月神园》!再提最后一个问题:您将让谁担任布朗诗·奥特维尔这一角色?"

银屏上,又出现了儒斯坦·梅朗那只握着烟斗的手的特写镜头。这是一只胖乎乎的手,动作缓慢,显得稳重、平静;与此同时,又听到了他的话声:

"布朗诗·奥特维尔的角色应当由布朗诗·奥特维尔担任……"

瓦芳太太感到十分诧异,此时此刻,数百万的电视观众与她一样,都极为惊奇……难道梅朗先生真的相信那位夫人至今还活着?儒斯坦·梅朗那位对话者诧异的神色在银屏上清晰可见,因为他们俩重又坐在了一起,肩并肩……

"您真了不起,梅朗先生,真了不起!由布朗诗·奥特维尔亲自担任布朗诗·奥特维尔的角色!既然儒斯坦·梅朗做出如此决定,我深信不疑,将由……"

儒斯坦·梅朗第一次露出了笑容:

"我已经做出了决定。不能让我的人物,我的男女主人公……布朗诗·奥特维尔就是其中一位……不能让他们在故事结尾时死去,我不该总是让我的观众朋友伤心。布朗诗·奥特维尔还活着,她永远活着。她一定还会去月球的……"

图像消失了,儒斯坦·梅朗离开了瓦芳太太杂货店的后屋。

瓦芳太太打开了电灯。这天晚上,她不想再看电视,以便能在脑中继续保留梅朗先生的形象……

"算是在这个时代里白活了,"她对妹妹让娜说,"这事,还真有点让我感动呢……"

那位放在隔壁房间里睡觉的小丫头哇哇喊叫着:

"妈妈,我要起来!妈妈!……"

她大喊大叫个不停,母亲不得不去看她……她还不满两周岁,一旦不在自己家的床上睡觉,她就怎么也睡不着,乱吵乱闹,怎么哄都不乐意……

"快,就让她一起出门走一走吧……"瓦芳太太说,"餐具等会儿再洗。把她包严实一些……雪已经停了,外边很冷,她冻一冻,回来就会睡着的。"

母亲抱着小丫头,三人一起出了门。一场雪后,皮埃尔斯变得难以辨认,黑蒙蒙,白茫茫,闪烁着星星点点的反光,仿佛电视荧屏。刚一出门,小丫头就停止了哭闹。她湿漉漉的小脸蛋紧贴着母亲的脸庞,两只小眼睛直望着夜空。她还从未看见过田野上方这白茫茫的夜空,上面星星闪耀,还有那一个大大的、圆圆的、黄黄的东西……

"那是什么?"她终于用手指着天空问道。

"是月亮,我的小心肝,月亮……"

"给我月亮,妈妈……"

两位妇人不禁哈哈大笑,小丫头又开始哭了起来,可哭得那么轻微,那么伤心,那么绝望,以致她俩不知怎么安慰她才好,于是答应给她月亮、星星、银河……

"别哭了,我的小心肝,别哭了。等你长大了,你可以像布朗诗太太那样到月亮上去……"

她们一直走到在春天烧毁的那座工厂的原址,这里,正在兴建一座新的塑料工厂。她们到了塑料厂的工地后,才掉头往家走。回家的路上,瓦芳太太抱着小姑娘,小姑娘慢慢地安静了下来,终于甜甜地睡着了,全身暖暖的,一副可爱的乖样子。整个世界凝固不动了,空荡荡的一片,闪烁着耀眼的光芒,四周阒无声息,这雪地像毛毡,似棉团,吸进了一切声响!遮掩在园子围墙后的布朗诗·奥特维尔的房子露着屋顶,上面铺着一层厚厚的积雪。食品杂货店的门扉在两位妇人和孩子的身后关上了,高高悬挂在空中的硕大的月亮终于与布朗诗的房子相对而视。

园子里好似闪着一个影子,莫非是个男人的影子?这个影子一动不动,面对着房子,正凝望着那黑洞洞的窗扉。

一九五九年于巴黎

图书在版编目(CIP)数据

月神园 / (法)埃尔莎·特丽奥莱著;许钧译. —南京:南京大学出版社,2017.4(2021.3重印)
(法国文学经典译丛/许钧主编)
ISBN 978-7-305-17738-5

Ⅰ.①月… Ⅱ.①埃… ②许… Ⅲ.①长篇小说-法国-现代 Ⅳ.①I565.45

中国版本图书馆 CIP 数据核字(2016)第 254552 号

Luna-Park
By Elsa Triolet
Copyright © Editions GALLIMARD, Paris, 1959.
Simplified Chinese edition rights © 2017 Nanjing University Press Co., Ltd.
All rights reserved.
江苏省版权局著作权合同登记　图字:10-2017-009 号

出版发行	南京大学出版社
社　　址	南京市汉口路 22 号　邮　编　210093
出 版 人	金鑫荣
丛 书 名	法国文学经典译丛
书　　名	**月神园**
著　　者	[法]埃尔莎·特丽奥莱
译　　者	许　钧
责任编辑	沈清清　　　　　编辑热线　025-83685856
照　　排	南京紫藤制版印务中心
印　　刷	南京爱德印刷有限公司
开　　本	787×1092　1/32　印张 6.875　字数 109 千
版　　次	2017 年 4 月第 1 版　2021 年 3 月第 3 次印刷
ISBN 978-7-305-17738-5	
定　　价	32.00 元

网址:http://www.njupco.com
官方微博:http://weibo.com/njupco
官方微信:njupress
销售咨询热线:(025)83594756

* 版权所有,侵权必究
* 凡购买南大版图书,如有印装质量问题,请与所购图书销售部门联系调换